壊れるまで抱いて

◆◆◆

津村しおり
Shiori Tsumura

紅文庫

目次

装幀　遠藤智子

壊れるまで抱いて

第一幕　初舞台

1

「奥さん、そんなに緊張なさらず、ゆっくりなさってください。ここは純次郎《じゅんじろう》君が築いた城なんですから」

鬼怒川剛蔵《きぬがわごうぞう》が谷前奈緒美《たにさきなおみ》に、そう声をかけた。

奈緒美は微笑《ほほえ》みを返した。頰《ほお》のこわばりを気取られぬかと思いながら。

「夫がこんな素敵なところを持っていたなんて、知りませんでしたわ」

フレンチシャンデリアの控えめな灯《あか》りが、マホガニーの小さなテーブルを照らす。そこに、バーテンダーがシャンパンフルートをふたつ置いた。

「家庭に仕事を持ちこまぬのが夫婦円満の秘訣。四年前、奈緒美さんが純次郎君と結婚のご挨拶《あいさつ》に見えたときはおいくつでしたかな」

「二十四でしたわ。あれから四年。もう二十八です」

「いやいや、まだまだお若い。そして、美しい。奈緒美さんの美しさに乾杯させてください」

鬼怒川は上機嫌だ。二人は、広いクラブを見わたせるソファーに並んで座っていた。鬼怒川がグラスを掲げる。奈緒美も、微笑んでグラスをあげた。

鬼怒川の肩越しに、鏡が見える。そこに奈緒美が映っていた。

アーモンド形の目に怯《おび》えがにじみ、笑みを作っていても、緊張は隠せない。顔色がよくなるように頬紅を塗り、赤の口紅をつけたが、もともと白い肌が透きとおるほど蒼白《あおじろ》くなっている。

奈緒美はシャンパンを口に含んでも、あまり味がしなかった。

「奈緒美さんがここに来ていたなら、常連のみなさんも、もっと足しげく通っていたでしょうな。もったいないことをしたものです」

そう言って、鬼怒川が笑う。

胸もとが深く開いているので、胸の谷間が見える白のカクテルドレスを身にまとい、肩からジャケットをかけた奈緒美へ周囲の男性客がそれとなく視線を送っている。

心細さを覚えた奈緒美は、夫がくれた真珠のピアスを人さし指で撫《な》でた。

こうすると、夫とともにいる気がして、力が湧《わ》いてくる。

（あなた……私、がんばるから……）

鬼怒川と奈緒美がいるのは、落ちついた雰囲気のクラブだった。

オーク材のカウンターの奥にはたくさんの洋酒が並び、バーテンダー数人が華麗な手さばきでカクテルを作っている。ラウンジはほぼ満席で、男性の年齢層はバラバラだ。ただ、美女が多かった。テレビをあまり見ない奈緒美ですら知っているような女優やモデルが壮年の男性の隣に座り、談笑している。

「純次郎さんはお仕事の話はしてくださらなくて。お恥ずかしいですわ」

奈緒美は、夫が事業だけでなく、プライベートでも世話になっている鬼怒川のもとへ来ていた。

鬼怒川が迎えによこしたベントレーに乗ってきたのがこのクラブだった。

クラブは大通りから一本奥の道路に面した目立たないビルにある。

エレベーターで上にあがった奈緒美は、ドアが開いたとき、驚きの声を思わずあげた。あまりにラウンジが壮麗だったからだ。

「純次郎君は女心がよくわかっている。夫婦といえど、少し秘密があった方が長続きしますからな。ところで、彼の体調はどうですか」

「そのことで、折り入ってお話がございますの」

鬼怒川先生に君からお願いしてくれないか——。

夫、谷前純次郎に頼まれ、奈緒美はひとりで鬼怒川のところへ来た。

鬼怒川は七十を過ぎているが、ゴルフ焼けした肌は鈍色《にびいろ》に光り、艶《つや》がある。

一代で巨万の富を築き、財界のフィクサーと称されるやり手の実業家だ。引退したことになっているが、政財界への鬼怒川の影響は絶大であり、身辺も気が抜けぬのだろう。

それを窺《うかが》わせるのが、鬼怒川の背後に立つボディーガードの存在だ。

(河合《かわい》さん……)

河合はスーツにネクタイ、革靴姿。以前は、純次郎の父——谷前グループ会長のボディーガードだった。夫の実家で幾度か会った人物がここにいることに、奈緒美はかすかな驚きを覚えていた。

(とても有能な方だから、引き抜かれたのかしら……突然お辞めになって、お

義父様《とう》が驚いてらっしゃったわ）

「ほう、奈緒美さんのお願いならば、聞かねばなりますまい」

鬼怒川が、笑みを浮かべた。

笑顔の鬼怒川が奈緒美に向ける眼差《まなざ》しには、柔らかな笑みとは裏腹に、欲望が隠れているように思えた。そのせいか、肌が粟立《あわだ》つ。

いまも、Ｅカップの乳房を鬼怒川の目が撫でている。

（でも、私がどうにかしないと……）

奈緒美は病床の夫を思った。純次郎は三十六歳。大手製紙会社会長の次男だが、実家とは縁が切れていた。いまはコンサルティング会社を経営している。

会社は軌道に乗り、これから飛躍するというときに——。

純次郎を病魔が襲った。臓器移植をしなければ、余命はあと一年。日本で移植を待てば寿命が尽きてしまう。純次郎の命を救うには、海外での臓器移植しかなかった。欧米では厳格に移植の順番が決められているが、とある国なら金によって順番の融通が利くという。

財力にものを言わせて、優先順位をあげてもらうことに良心が痛んだが、奈緒美の良心の痛みよりも、いまは夫の命の方が重い。

「思ったより病状がよくなくて……海外に行くのが最善だとお医者様に言われました。私どもで用意したお金もございますが、それだけでは足りません。あと、六千万円必要なのです」

「なんと……」

夫と親しい鬼怒川も、そこまでの病状とは知らなかったらしく、目を剝《む》いた。

「そこで、夫が鬼怒川先生からお力添えをいただけないかと申しておりまして。本来なら、本人が来るべきなのでしょうが、いまは病院のベッドから動けぬ身なのです。厚かましいお願いとは重々承知でございますが、お力添えをお願いできませんか」

奈緒美は頭を下げた。

「ふうむ。力添え……よろしい。純次郎君の願いならば断れまい」

鬼怒川は即答した。

緊張のため、息が詰まりそうだった奈緒美は、大きく息を吸いこんだ。

「だが……それにはこちらからのお願いも聞いてもらわねば」

「ええ、私ども夫婦でできることならなんでもしますわ」

それは、夫から言い含められていた言葉だった。

鬼怒川が了承したとき、何か条件を出されても、夫婦でできることならする、と答えるようにと。

「純次郎君が築いたこの城は、私が資金を提供したのですよ。しかし――純次郎君が病に伏せる前から問題がありましてな」

奈緒美の頬がこわばる。夫からそんな話は聞いていなかった。

「ごらんのとおり、ここは大人のための社交場です。会社や国のために身を粉にして働く方々の息抜きと、退屈を紛らわせる場所。お客のみなさんは簡単なことでは満足しない方々です。遊びといっても、ここで動く金は、じつはなかなかの額でしてな」

話の行く先が見えない。

そのせいか、奈緒美は首すじが火照り、しっとり汗ばんできていた。

「ここの資金管理を純次郎君に任せていたら――なんと純次郎君は部下に持ち逃げされてしまった。いまの純次郎君ではとうてい穴埋めできない金額をね」

奈緒美は口もとを押さえた。

「そんなことが……警察には……」

「警察に言えぬ金、とお考えください」

衝撃で、頭からサラサラと音を立てて血が引いていく。奈緒美の上体がぐらりと揺れ、床に倒れ落ちそうになった。

「大丈夫ですか」

がっしりとした河合の手が、奈緒美を支えていた。

切れ長の目が、こちらに向けられている。

緊張と、飲みなれないアルコールのせいで、目眩《めまい》がひどい。

「ありがとうございます。お恥ずかしいところをお見せして、すみません」

奈緒美が体を起こすと、河合は音もなくもとの場所に戻った。

鬼怒川の話は続く。口もとに笑みを浮かべてはいたが、眼光には禍々《まがまが》しさが漂っていた。

息が苦しい。座っているだけなのに、動悸《どうき》がする。

「純次郎君が出した損害の穴埋めをしなければ、六千万円は貸せませんな」

「親戚にかけあって、集めますわ……ですから、いまは……」

「先ほど、あなたはこうおっしゃいましたな。私ども夫婦でできることならなんでも、と。純次郎君は親類のみなさんに心配をかけたくないから、あなたにそう言うように頼んだのではないですかな」

　まわりの空気が薄くなったように感じた。肌が冷え、いやな汗が出る。

　純次郎は三年前に海外のカジノで借金を重ね、勘当されたのだ。

　結婚して一年目のことだった。借金は谷前会長――純次郎の父が清算した。億単位の借金を清算する条件が、純次郎の勘当だった。

　今回、病魔に襲われた純次郎のために金を出してほしいと夫の実家にすがり、お情けでいくらか出してもらった。これ以上は頼めない。

　奈緒美の実家は創建から数百年たつ由緒ある神社だ。氏子が多くとも、社《やしろ》の維持は金がかかる。結婚により谷前グループとつながりを持って、経済的な援助を考えていたのだが、純次郎のせいであてがはずれた。

　奈緒美の実家に金策を願い出ても、受け入れはしないだろう。

　そして、こう言うはずだ。億の金をカジノで使わずにいれば、簡単に治療費を出せただろうと。奈緒美は唇をかんだ。

「では、私たちはどうしたら……」

蒼白になった相貌《そうぼう》をあげて、奈緒美は言った。

「方法はありますぞ」

鬼怒川が莞爾《かんじ》として微笑む。

笑みを見ているのに、奈緒美の脳裏には凶相――そんな言葉がよぎった。

目の前が暗くなっていく。視界がザラつき、声が遠く聞こえる。

「それは、いったい……」

鬼怒川が方法を話しおえると――奈緒美は気を失った。

2

奈緒美は目を覚ました。

鼓膜に荒い息と湿った音が飛びこんでくる。

そして、鼻腔《びこう》に漂う特徴的な臭《にお》い――。

「あふっ、あんっ、あんっ、あんっ」

声の方を見て、奈緒美は目を見開いた。

全裸の女性が男性にまたがって、よがり声をあげていた。

肌は白く、なめらかだ。艶のある黒髪が、悶《もだ》えるたびに揺れている。

女性は乳房を揉《も》みしだきながら、腰を上下させていた。その女性のM字に開いた股間に挿入されているのは青スジの浮いたペニス。

女性は仰向《あおむ》けになった男にまたがり、悶え狂っていた。

（な、なんなの……これは……）

女性は己の指を深紅のリップを塗った唇で咥《くわ》え、音を立てて啜《すす》っている。

「我慢できないっ。もっと奥を突いてっ」

女性が叫ぶと、男性が女の尻たぶを打った。男はベネチアンマスクをつけていて、顔を隠している。女性は蠱惑《こわく》的な相貌を愉悦に染めていた。

ビターン！

音がはじけ、女性が悲鳴をあげる。

「もっと、お仕置きをしてっ。私、淫乱《いんらん》なのっ。もっとぶちこんでっ」

女性が床の上に四つん這《ば》いになると、男が立ちあがった。

股間にあるものを見て、奈緒美はヒッと怯えた声を出した。

太鼓のバチのように太い肉棒だった。男性器というには太く、長すぎる。

だが、その巨根が女の中にめりこんでいく。

「ひいっ……ひっ……あんっ……いいっ」

女性は全身に汗を浮かせて、男に貫かれていた。

（いったい、これは……どうして、私の目の前で……）

奈緒美はハッとして、着衣に乱れがないか確認した。胸もとには肩からかけていたジャケットが毛布がわりに載せられている。

カクテルドレスの裾《すそ》も乱れていない。

男女の交わりに気を取られていた奈緒美は、いまいる場所の異様さにようやく気がついた。

部屋は一辺が十メートルの正方形で、天井も高い。

驚くべきことに、壁から天井まですべて鏡で、鏡には目を見開いた奈緒美が映っていた。奈緒美が横たわっていたのは三メートル四方の大きな黒革のマットレスの中央だった。

「ここは、いったい……」

手をついて、起きあがる。

逃げよう。そう思った。

「お目覚めになりましたか、奥さん。ショックでお倒れになったようですね」

低い声で話しかけられ、奈緒美は飛びあがった。

中背の男が、グラスを持っていた。鏡の一面が長方形に開いている。そこがドアになっているようだ。

「水を一杯どうぞ。鬼怒川さんからです」

男が、黒い革手袋をつけたまま、コップを手わたす。

長髪をうしろでひとつにまとめ、黒いシャツに黒いスラックス姿だ。

キリッとした眉毛《まゆげ》に、意志の強そうな目もと。鼻が少し曲がっていなければ、俳優やモデルとしてやっていけそうな相貌の持ち主だった。

「ここから出ます……いったい、何がなんだか……」

「いいから、お飲みなさい」

男に有無を言わさぬ調子で言われ、奈緒美はおずおずと口をつけた。気を失ってから、少し間があったのだろう。喉が渇いていた。水が甘い。

奈緒美が飲みきって人心地がつくと、男はグラスを取った。

夫から贈られた腕時計を見た。

(もうこんな時間……真夜中だわ)

入院中の夫は、奈緒美からの連絡を待ちわびているはずだ。

「帰らなければ……」

身を起こそうとして、奈緒美は動きを止めた。

気を失う寸前に耳にした、鬼怒川の言葉を思い出したのだ。

――このクラブのショーに出て、主役におなりなさい、奈緒美さん。そうすれば、この鬼怒川が万事面倒を見よう。

ショーの内容が何か聞く前に気を失ってしまったが――奈緒美が人並みにできることといえば、茶道と華道くらいだ。ショーの主役になれるほどの芸も才能もない。

「目覚めたようだね、谷前奈緒美さん」

天井から鬼怒川の声が聞こえた。鏡の裏にスピーカーがあるようだ。

「これから、ショーに出るたびに一千万円をあなたにあげよう。純次郎君の失態の穴埋めとは別に。つまり、あなたがショーに出るたび、純次郎君の尻ぬぐいができて、治療費が稼げるというわけだ」

「ショーって……私、何もできません」

どこから鬼怒川が見つめ、声をかけているのかわからず、奈緒美は左右を見ながら言った。合わせ鏡の中には、色を失った己の顔がいくつも並んでいる。

悪夢の中にいるようで、震えが止まらない。

「なあに、奈緒美さん、簡単なことですよ。春佳《はるか》さんのようにすればいいだけです。春佳さんは大手美容医院の経営者だ。このクラブが運営するカジノで借金を重ねてね、いまはこうして借金を返している。これくらい、あなたにだってできるでしょう」

四つん這いになっていたのは美容家として名高いタレント医師だ。その美女が、背後から巨根で貫かれ、よがり声をあげていた。

面をつけた男が激しく腰をたたきつけるたび、声は大きくなっていく。

鏡の間に、淫《みだ》らな音と嬌声《きょうせい》が響きわたる。

「で、できません……お願いです、ほかの方法をお考えください、鬼怒川先生」

「それでは時間がむなしく過ぎるだけ……純次郎君には時間がない。あなたができることをすればいいだけですよ。私はプロしか雇わないのでね。そこにいる宗森《むねもり》があなたを狂わせてくれるでしょう」

奈緒美は宗森を見た。先ほどまでは生気のない目だったが、いまはそこに鈍い光がある。宗森が唇を舐《な》めた。

「春佳は俺がしこんだ。あんたもド淫乱に変えてやるよ」

細い舌先が蛇を思わせて、奈緒美の肌が粟立つ。

「お願いです……帰らせて」

宗森が奈緒美の耳もとに口を寄せた。

「鬼怒川先生は失敗が嫌いでね。失敗の穴埋めができないなら、命で支払ってもらうお人だ。旦那《だんな》のいる病院にも先生の息のかかった者がいる。旦那の寿命を縮めることになってもいいのかい」

ありえない話ではない。鬼怒川ならできるだろう。

純次郎君の命を救うために今日、ここに来たのだ。逃げ出して、男が言うようなことになったら――いま切りぬけたとしても、これから先、奈緒美は自分を許せないだろう。

「鬼怒川先生……ひとつだけお願いです。夫には秘密にしてもらえますか」

奈緒美は壁の方を向いて言った。

鏡の向こうにカメラか何かがあって、鬼怒川は見ているに違いない。

「もちろんですよ。クラブの会員は口が堅い。それに、純次郎君は奥さんひとすじらしく、このショーは好きではないようでしてな、こちらはノータッチだった。だから部下に任せて、失敗して……おっと、言いすぎましたな」

観客席から笑い声が起きる。

「ともかく、貞淑な奈緒美さんが自分のために身を投げ出したと知ったなら、純次郎君の体にも障りますからね。安心しなさい。秘密は守りますよ」

鬼怒川が愉《たの》しんでいるのは、声だけでもわかる。

悔しかったが、選択の余地はなかった。

奈緒美は立ちあがり、ドレスの肩紐《かたひも》を下ろす。どよめきが聞こえた。

鏡の向こうに、どれほどの観衆がいるのか想像もつかない。だから恥ずかしさが増して、指が凍る。

「鬼怒川先生は気が短い。わかってるよな」

宗森がドレスの背中にあるファスナーを下ろした。白くたわわな乳房がこぼれ出る。胸もとが深いので、ブラジャーをつけていなかったのだ。

「いい胸だ。アソコも見せてくれよ」

宗森に促されるまま、奈緒美はドレスを脱いだ。ガーターベルトで止められたストッキングと、ショーツだけの姿になる。

「これ以上は……無理です」

奈緒美は顎をふるわせた。自然と涙がこぼれ落ちる。

気持ちを決めたと思ったのに、臆病な自分が顔を出す。

「初心《うぶ》な感じがかわいいぜ、奥さん」

宗森が、へたりこんだ奈緒美の隣に座り、肩を抱いてきた。そして、奈緒美の体をまぐわっている二人の方へと向けさせる。

巨根で貫かれるたび、春佳の秘所からは泡立った愛液があふれ、雫《しずく》となって床に落ちていた。

張りのある白い尻が、男の律動を受けてブルブルと揺れるのがなまめかしい。

「見学のあと、実習といきましょうか。旦那が病気になってからご無沙汰で、乾ききってんだろ。あの女のように悶えたのを思い出せないはずだ」

奈緒美は宗森を見た。

夫婦生活のことを言いあてられ、心臓をつかまれたような気分になる。

「ほら、アソコから出ている白い汁……あれは本気汁だ。オマ×コが裂けそうなほどの巨根をぶちこまれて、春佳は感じまくってるんだ。あとで、あんたも味わうといい」

「い、いや……」

わななく奈緒美の顎を、宗森がつかんだ。自分の方へ顔を寄せさせ、唇を重ねる。奈緒美は、宗森の舌を受け入れまいとしたが、桃色の唇は、蛇のような舌に割られてしまった。

「あふ……むっ……」

宗森の舌の動きは繊細で、口内の敏感な場所をつついてくる。

歯肉を撫で、くすぐったさと甘やかな感覚にぼうっとなりかけると、舌に舌をねっとりとからめてくる。

「もう涎《よだれ》があふれてるぜ……欲しかったんだろ、奥さん」

そう囁《ささや》かれて、奈緒美は首を振った。心が求めたのではなく、舌の巧みな動きに、体が勝手に反応してしまっただけだ。

奈緒美が唇をはずそうとしても、宗森の唇がはずれない。

(私がどっちに逃げるか、わかってるんだわ……)

そのことに気づいて、奈緒美は慄然《りつぜん》とした。

女を堕《お》とすプロ——鬼怒川が言っていたとおりの男なのか。

怯えで、体がこわばる。

(私は、あんなふうにはならない……純次郎さんのためにも)

恥ずかしい姿を鬼怒川に見られたとしても、体を夫以外の男に蹂躙《じゅうりん》されたとしても、快楽で溺《おぼ》れたりはしない。

それこそが、夫に対する裏切りだと奈緒美は思った。

「意地を張るほど、あとがつらいぜ」

宗森は唇をはずして、奈緒美の背後にまわっていた。

うしろから、乳房を揉んできた。革手袋のままでも感覚が鋭いのか、奈緒美の性感帯を狙《ねら》いすましたようにつついてくる。

(あん、上手……)

体が跳ねる。乳首への刺激は、純次郎より的確だ。

乳首を人さし指でクリクリと跳ねあげられるたび、声が出そうになる。

(久しぶりのせいよ……きっと、そう……)

声を出したら、相手の思うつぼだ。

だからこそ、堪《こら》えているのだが――声を我慢すると、体の中で快感が増幅する。声にならぬもどかしさが、体の揺れとなって表れていた。

「奥さん、乳首をいじっただけで、気分が出ちまったのか。思った以上に好き者じゃないか」

「違うわ……そうじゃないの……」

奈緒美はうつむいた。耳が、恥ずかしさから火照っている。

その耳を、宗森が咥えた。

「あんっ」

顔を跳ねあげると、正面ではベネチアンマスクの男と春佳が体位を変えて交わっていた。いまは、床に寝た男の上に女が正面を奈緒美に向けてまたがり、巨根を抜き挿しされている。快楽と摩擦で真っ赤になった姫貝が丸見えだ。

「ああん、いやあっ」

見るものも、体を走る感覚も否定したくて奈緒美は叫んだ。

忘れていた甘美な愉悦が、乳首をいじられるたびに走り、それに子宮が反応していた。淫らな熱がじわじわと全身へとひろがっていく。

「いやって言いながら、膝《ひざ》を開いてるじゃねえか」

奈緒美は足下を見て、息が止まった。先ほどまではぴったり合わせていた膝が、男を迎え入れるように開いていたのだ。

「違うの……あなたがイタズラするから」

朱色の唇から漏れる言葉は、途切れとぎれになっていた。乳首への愛撫《あいぶ》と、淫らな交わりを目《ま》の当たりにして、欲望が奈緒美を支配しはじめていた。

「それはもっとイタズラしてほしいって意味か」

宗森が右手の中指を咥えて、革手袋をはずした。

「あっ」

そこには刺青《いれずみ》が彫られていた。中指の第一関節に蛇の頭があり、それが手の甲を通って手首でとぐろをまいてから袖《そで》の奥へと消えていく。

「俺の指には、女を責めるための蛇が彫ってあるんだ。これがあんたのオマ×コで暴れるのを想像してみな」

指で愛撫されるのではなく、蛇が己の股間をまさぐるような気がして、奈緒美は総毛立った。

「いやっ、怖い……いや……あぁ」

反射的に膝を閉じようとしたが、その前に宗森の右手が膝の間に入っていた。

宗森がショーツの上から指を這わせる。

「おお……」

スピーカーから、鬼怒川の声が漏れた。

「ほら、奥さん、鏡を見てみなよ」

奈緒美の顎を、宗森の左手が押さえる。

そこで奈緒美は、真っ正面の鏡に映された己の姿と向かい合うことになった。

「ああんっ、見せないでっ……」

太股《ふともも》を這う宗森の指。蛇のように蠢《うごめ》き、秘所に潜りこもうとしている。恐ろしさに足を閉じようとするが、宗森が奈緒美の膝の下から己の膝を通して防いだ。だが、宗森は奈緒美の動きをすべて見すかしているようだ。

(見られてしまう……ああ……)

蛇の刺青のせいで、中指が生き物のように見える。それが奈緒美のショーツをよけ、膣内に入ってきた。

「くうっ」

花園に男の指が入るのは久しぶりだった。禍々しい模様入りの指なのに、動きは繊細で、襞肉を優しく刺激する。

蜜口で指を抜き挿しされるたび、湿った音が立ちはじめた。

「あの巨根を見て濡れたのかい?」

違う、違う。あんなおぞましいものなんて――目を閉じて、奈緒美は首を振ったが、その頭が跳ねあがる。宗森の中指が女芯をはじいていた。

「俺の指で感じたんだろ。いいんだぜ、アレをみて欲しくならない女はいないし、俺の指で蕩《とろ》けない女はいない。あんたは、あのデカブツを欲しがって、俺の指で感じるだけでいいんだ」

宗森の言葉を否定したいが、奈緒美は女性の姫貝を大きく開いて抜き挿ししている逞《たくま》しい肉棒と、鏡に映る己の痴態を見入っていた。

ショーツを穿《は》いたまま、あられもなく大股《おおまた》をひろげて、蛇の刺青が入った中指を女唇で咥えている自分が信じられない。

「奈緒美さん、宗森の指は最高だろう」

鏡の間に、鬼怒川の声が響く。

「そんなこと……」

そう言いかけた奈緒美に、宗森がこう囁いた。

「オマ×コにおいしい蛇をありがとうございます、って言うんだ。それが鬼怒川先生のお望みだからな」

そんなこと――言えるわけがない。しかし、宗森が抜き挿しのピッチをあげながら、左手で女芯をくすぐってくると、喉の奥から声がせりあがってくる。

薄目を開いて、鏡に映る自分を見る。宗森の中指は蜜で濡れ光り、刺青の蛇は露を浴びたようになっていた。

(なんていやらしいの……)

自分が蛇に犯されているような錯覚に、異常なときめきを覚えてしまう。おぞましいものからは目を背けたいのに——おぞましいからこそ無視できない。

「ダメ……ダメ……」

快感に溺れそうになる自分に歯止めをかけようと、か細い声をあげる。

純次郎と出会ったのは見合いだ。旧《ふる》い家柄ゆえ窮屈な思いをしていた奈緒美のことを初めて理解してくれたのは、家同士が決めた見合い相手の純次郎だった。だから、奈緒美は純次郎についていこうと決めたのだ。

(純次郎さんを裏切りたくない……堪えて、私……)

宗森の指が——細い蛇が——興奮で桃色に染まった蜜穴を出入りする。

そのたびに、純次郎では味わえなかった業火のような愉悦が四肢へとひろがっていく。指一本で女性の急所を刺激し、狂わせる宗森の腕は確かだ。

「——奈緒美さん、私に言いたいことがあるだろう。言ってごらん」

鬼怒川が例の言葉を促す。

これもショーの演出――体中の血液がさっと冷えるような感覚に奈緒美は襲われた。しかし、言わなければ純次郎の命が――。

「……おいしい……をありがとうございます」

奈緒美の赤い唇から出たのは、か細い声だった。

「聞こえんな」

鬼怒川の声が、不機嫌になった。だが、どうしてもあの四文字の卑語は言えない。愛撫され、快楽うずまく体を持てあましながら、奈緒美は懊悩《おうのう》した。

すると――宗森の指が内奥で蠢いた。

「ほ、ほおおっっ」

指一本が動いただけで、子宮が燃えあがり、快楽が四肢の先までひろがる。

奈緒美は堪えきれず、声をあげてしまった。

「いいんだろ。お礼の言葉を先生に言うんだ」

鏡越しに、宗森が奈緒美を見ていた。抜き挿しが速くなり、女の急所を指先でくすぐる。その快美な感覚が、鬼怒川への恐怖が、奈緒美の唇を開かせた。

「オ……オマ×コに、おいしい蛇をありがとう……ございます……」

情けなさに、涙が頬を伝う。しかし、感傷に浸る間は与えられなかった。

内奥を走る快楽を、宗森の指が増幅させる。

「Gスポットをくすぐられるのは初めてらしいな、奥さん……本当はここにもっと欲しいだろ」

「いや……欲しくないっ」

「これを食らっても、そう言えるかな」

宗森が蜜壺の指を増やした。指が二本になったとたん、快感が倍増する。

「おふううっ」

奈緒美は堪えきれず声をあげ、のけぞった。

(指が……指じゃないみたい……!)

奈緒美は女芯で感じるタイプだったのだが——いまは膣で快楽を享受している。純次郎が与えなかった快楽を、夫以外の男から味わわされるのは屈辱でしかないのに、ほとばしる汗も、揺れる腰も止めることができない。

「女泣かせの中指だ……まずはこれで天国に行ってみようか」

抜き挿しのピッチがあがる。

グッチュクッチュクッチュッ！

まぐわう男女に負けぬくらいの激しい水音を立てて、奈緒美は宗森に責められていた。

「くううっ……ううっ……」

気持ちいい、と悦楽の声をあげられたらどんなに楽だろう。そう思うほどの快感だった。声を出せないかわりに、きらめく涙があふれ出る。

指の律動に合わせて、愛液と涙が奈緒美から飛び散った。

「……初めてのショーで、ここまでいい姿を見せる女はそういない」

宗森が耳たぶに息を吹きかけた。

「はうっ」

ゾクッとして背すじを弓なりにすると、膣内の指が急所に当たる。

「ああ、私もイク、イクイクイクッ……」

春佳が、切羽詰まった声をあげた。

巨根のピッチがあがる。

宗森の指も、男の動きに同調していた。蛇に犯され、巨根に犯されているような錯覚に包まれながら、奈緒美は昇りつめていく。子宮が燃える。肢体が言うことを聞かない。

「あうっ……ああ、いや、いやあああ！」

「もうダメ、イッちゃう、イクウウウッ」

奈緒美と春佳の喘《あえ》ぎ声が重なる。

宗森の指がクリトリスをつまんだとき——。

奈緒美は、春佳と同時に限界を迎えた。

「あなた、ごめんなさいっ」

ガクガクガクガクッ！

奈緒美は四肢を震わせる。初めての中イキに括約筋がゆるみ、奈緒美は失禁していた。

3

「素晴らしい姿だ。いいショーになりそうですよ」

鬼怒川の満足げな声が、鏡の間に響いていた。

奈緒美は虚脱したまま、涙に暮れていた。

(まさか、あんなふうになってしまうなんて)

純次郎の前でも見せたことのない姿を、人前で晒《さら》してしまった。

「さ、テストはここまでだ」

宗森が立ちあがると、鏡の一面が開いた。スーツ姿の男が数人入ってきて、床の上で失神している春佳を抱きかかえて出ていく。

「テストって……これでショーは終わりじゃないんですか」

宗森の背に、奈緒美が声をかける。

「いままでは、あんたがどれくらいの感度か調べていただけさ。ショーに出しても大丈夫な体と感度だ。盛りあげてくれよ」

宗森はそう言い放つと、鏡のドアを開けて、出ていった。

部屋に残されたのは、仮面の男と奈緒美のみ。

「奈緒美さんも準備ができたようですな。ショーの始まりといきましょう」

鬼怒川が満足げに言った。

天井の灯りが落ち、薄暗くなる。スポットライトが奈緒美に当てられた。

まぶしさに手をかざし、上を見あげた奈緒美は凍りついた。

五メートルほどの高さがある壁の上半分が透明になり、そこにはベネチアンマスクをつけ、盛装した客たちが並んでいる。オペラ座のボックス席にいるような態度で、客たちは奈緒美を見下ろしていた。

「みなさん、拍手でお迎えください。今日デビューの人妻、谷前奈緒美嬢です。男性は夫以外には知らぬ貞淑なお方ですよ」

司会者が慣れた感じでアナウンスすると、客たちがどよめく。

「あの神社の娘さんか」

「谷前君の奥さんは美女と聞いていたが、これほどとは」

その言葉を聞いて、奈緒美は耳を赤く染めた。

（ここにいるみなさんは、私の実家も、純次郎さんのことも知ってる……秘密なんて守られやしない）

奈緒美は鏡の方へ駆け出した。

「ショーなんて……さっきのでもう十分です……帰して、お願いです」

鏡のドアに駆け寄り、小さな拳《こぶし》でたたく。そこにはノブもなく、つなぎ目すらない。外から開けてもらうよりほかないのだ。

足が小水で濡れ、歩くたびに情けない音を立てるのが、さらに屈辱的だった。

「奈緒美嬢が女泣かせの巨根でいかに乱れるか、みなさん、ご堪能《たんのう》ください」

司会者がそう言うと、拍手の音が聞こえた。客席にあるマイクのスイッチが入れられたのだろう。客席の音が聞こえることで、自分が見られていることを奈緒美は痛感する。

「助けて……出して……お願いです……」

ドアをたたいても、なんの反応もない。

必死に逃げようとする奈緒美を見て、客席からはさらなる拍手が起こる。

「美と貞淑さと家柄が価値なのですよ、奈緒美さん。そして、秘密を共有することが私たちの快楽。この夜のことをクラブのメンバーは口外しません。安心して抱かれなさい」

鬼怒川がうれしげに言った。

鏡に、仮面をつけた長身の男が映った。奈緒美の背後に立っていたのだ。

奈緒美は振り返り、仮面の男を見る。

「や、やめて……」

仮面の奥の、男の瞳に感情はなかった。

――私はプロしか雇わん。

鬼怒川の言葉が耳の奥によみがえる。欲望に染まった男に蹂躙されるのも恐ろしいが、宗森のようになんの感情もなく、女を狂わせるのを仕事として淡々とこなす男の方がより恐ろしく感じられた。

男が奈緒美を軽々と抱きあげた。

「いや、行きません……帰ります……帰して……」

奈緒美が男の腕の中で暴れるが、意に介した様子もない。

部屋の中央にあるマットレスの上に、男は奈緒美を横たえた。そこまでは優しく扱っていたが——男は奈緒美のショーツを剝《は》ぎ取った。

「おおっ」

観客からの視線を痛いほど感じる。恥ずかしさに啜り泣きかけたとき、髪をつかまれ、上向きにされた。

「咥えろ」

男が、低い声でそう言った。

長く太い巨根が差し出される。ペニスと呼ぶには長く、禍々しい男根を目の当たりにして、奈緒美は小さな悲鳴をあげた。

「咥えなければ……わかってるだろ」

男が、客に聞こえないような小声で促す。

恐怖で忘れかけていた、純次郎への思いがよみがえった。

(そうだわ……純次郎さんの治療費のため)

しかし——あまりに長大なペニスを前にして、恐怖で口が動かない。

ペニスからは、男女の交わりの臭いが放たれている。

先ほど、この男と交わった女性の愛液がついたままなのだ。

「少し、きれいにしてからなら……」

奈緒美はまつげを伏せ、男に囁く。

「あなたに選択の自由はないんだ。咥えろ」

突き出された亀頭は、エラが横に大きく開き、楕円を描いている。そのあとに続く肉棒は奈緒美が握っても中指と親指がつかないほど太く、幹の根元にいくほど径を増していた。

「太すぎて……無……」

無理、と言おうとしたとき、男が奈緒美の鼻をつまんだ。

開いた唇に、亀頭が挿しこまれる。

「むぐっ……」

予想よりも男のペニスは大きかった。亀頭を口に入れただけで、顎が悲鳴をあげる。そのうえ、口内に入ってきたのはまだ先端でしかないことに、奈緒美は慄然とした。

ググ……。

男が腰を進める。

「あむ……むううっ」

苦しさのあまり、胸が大きく波打ち、Eカップの乳房が大きく揺れる。

巨根に無理やり開かされた紅い唇からは、涎があふれて、顎から喉を濡らしていった。ペニスで口を塞がれ、鼻をつままれ、息が苦しい。

「むうう……うううっ」

奈緒美が身もだえると、男が鼻をつまんだ指をはずした。

「自分で動け」

このショーで不手際をしたならば、鬼怒川は約束を反故《ほご》にするかもしれない。

口いっぱいに巨根を咥えるだけでも恥辱で胸がつぶれそうなのに、それ以上を求められているのか——そう思うと、奈落《ならく》の底に落ちていくようだ。

(でも、私がこうすることであの人が助かるなら……)

純次郎の命は光だ。自分が奈落の底に落ちたとしても、それだけは守りぬかねばならない。

「あむ……うっ……ちゅば、ちゅば……」

奈緒美が自分から頭を前に出して、巨根を喉奥へと導く。

涎と男のペニスから出た先走りが、奈緒美の唇からあふれ出る。

男根を半ばまで咥えたところで、男が奈緒美の頭を引き寄せた。

「ううっ……うっ」

喉奥に先端が当たり、息ができなくなる。苦しさから乳房を揺らして悶えると、男がペニスを抜く。それが繰り返されるたび、客席からは拍手とざわめきが起こる。

「あの男の巨根をけなげに咥えて……たまりませんな」

「テクニックがないのも、初心さがあっていい」

客席の言葉を聞くたび、自分が見世物となっていることを実感する。

悔しくて、情けなくて、また涙が出てしまう。

長いまつげを涙で濡らす奈緒美の姿を見ても、男は容赦なかった。

「むぐうっ……」

男が抜き挿しのピッチをあげてきたのだ。絶え間なく喉奥を突かれ、えずきそうになる。苦しさから眉根を寄せても、男の腰を拳で力なくたたいても、律動は止まらない。

(い、息が……気が遠くなる……)

顎が痛く、呼吸も限界だ。

涎をだらしなく垂らしたまま失神するのか——そう思ったとき、男のペニスが口の中で蠢動《しゅんどう》した。

(まさか……)

男が奈緒美の頭を抱えて、ピッチをさらにあげる。

精液を口で受けたことなどない。それを初めて受けるのが純次郎ではなく、身も知らぬ男のものだなんて耐えられない。しかし逃げようにも、頭は男の手で抱えられていた。

「ひやっ……ひやあああっ」

ペニスで塞がれた口から、くぐもった悲鳴が漏れた。

奈緒美が言葉を発したことで舌が動き、それが男をさらに刺激したようだ。

「おお、出るぞっ」

男の肉棒が奈緒美の口内で跳ねた。

ドピュッ……ドピュピュッ!

喉奥に、男のエキスがほとばしる。

奈緒美は絶望とともに、それを受け止めた。

「さあ、みなさん、デビューの儀式ですぞ。このご婦人が精液を飲みほす姿を鑑賞しましょう」

鬼怒川の言葉を聞き、奈緒美は耳を疑った。臭いも味も、生理的に受け入れられない。奈緒美の目が泳いだとき、仮面の男と目が合った。

目は、やれ、と告げていた。

(純次郎さん……許して……)

奈緒美は息を止めて、口内にある白濁液を飲みこんだ。

息を止めたのは、臭いを感じないようにして、少しでも味わわないで済むように、と考えたからだ。

しかし、とろみのある体液は思った以上に臭いも味も強かった。吐きそうになるのを必死で堪え、ゴクリと音を立てて飲みほした。

客席からの拍手が波のようにひろがり、奈緒美を包んでいく。

屈辱に次ぐ屈辱に、唇をはずした奈緒美はマットレスの上に打ち伏して泣いた。そして、マットレスについた己の小水の臭いで、また涙した。

「泣いてらっしゃるぞ。おまえの巨根で天国に連れて行っておあげなさい」

鬼怒川の声がうわずっている。興奮しているのだ。

巨根で──。

奈緒美は男を見た。

男のペニスは射精したばかりだというのに、すでに回復している。

「いや、いやあああっ」

奈緒美は叫ぶ。だが、男が指先で奈緒美の乳頭をはじくと──。

「あうんっ」

蛇の刺青が彫られた指で達した残響で、女体は強く反応した。

乳首を軽くはじかれただけなのに、背すじを愉悦が走りぬける。恐怖と恥辱で乾いたはずの秘所から、ドッと蜜汁があふれ出た。

(嘘《うそ》……私の体が欲しがってるの……)

純次郎とのベッドでも感じていたと思っていたのだが──宗森の愛撫は次元が違った。一度達したあとに軽くくすぐられただけで、また同じように反応するほど深い愉悦を宗森は奈緒美に刻んでいた。

「ダメ……ダメ……これ以上は許して……」

体が変えられていく――自分が夫の知らない自分になることへの恐れから、奈緒美は首を振った。

「諦《あきら》めて、愉しむしかないんだ」

男が奈緒美の両足をつかんで、大きく開かせる。

天井の中央部分が割れて、そこから何かが下りてくる。レンズが光ったのを見て、奈緒美はそれがカメラだと気づいた。

「やぁ……こんなのいやっ……」

カメラは、奈緒美と男の頭上二メートルほどのところで止まった。

大きく開いた秘所がよく見える位置だ。

「いい色のオマ×コだ」「本当に経験が少ない方ね」といった囁きが、客席から聞こえてくる。

観客たちに、自分の恥ずかしい場所をじっくり見られていると思うと、奈緒美は足を閉じたいが――男の腕は力強く、それを許さない。

男が腰を進め、秘所を亀頭でつついてきた。

「おふっ……ふうっ」

奈緒美は思わず声をあげていた。ぴったり閉じた蜜口を亀頭でくすぐられただけで、四肢の先まで愉悦がひろがったのだ。

（ああ、体がおかしくなってる）

自分はこんなに感じやすい体ではなかったはずだ。プロに指で愛撫されただけで、ここまで変えられてしまうとは——己の体のままならなさと、簡単に陥落した情けなさで、鼻を啜った。

「行くぞ」

男が、ペニスをつかんで蜜口にあてがった。

「ダメ、こんなのを挿《い》れられたら、私、壊れますっ」

だが、男は腰を止めない。

メリ……メリメリメリ……。

夫が病に伏して以来、久しく男のモノを迎え入れていなかった蜜肉が、左右に割れた。心とは裏腹に、蜜口は巨大な亀頭を受け入れる。

「あおおっ……大きすぎて……くううっ」

宗森の愛撫で潤んでいたとはいえ、男のモノは想像を絶する大きさだった。

このままだと、体がふたつに裂ける——そんな恐怖を奈緒美は味わっていた。

亀頭でくすぐられたときに浮いた快楽の汗が、今度は痛みの冷や汗に変わる。

「無理、ああ、体がもたないっ」

奈緒美は相貌を打ち振り、痛みから逃れようとする。

腰をくねらせたとき、体に奇妙な感覚が走った。

「あふっ」

痛みの合間に、鮮烈な愉悦がやってきたのだ。

奈緒美は何が起こったかわからず、恐るおそる顔をあげた。

男が、亀頭を蜜口で抜き挿しさせていたのだ。

「あっ……いや、あっ……あっ……あっ」

最初は苦痛の声だったのが、最後のほうでは、甘やかな喘ぎ声に変わっていた。宗森が開いた悦楽の扉を亀頭でくすぐられると、そのたびに体が跳ねてしまう。男は奈緒美の秘所が裂けぬように、じっくりほぐすつもりのようだ。

「慣らさないで……壊さないで……」

この巨根を体は受け入れようとしている。女壺がほどけて、長大なペニスを呑《の》みこんだら——襲ってくるのは苦痛ではなく快楽だ。

怖かった。自分がさらに夫を裏切るときが迫りつつある。その予感に、奈緒美は愉悦に溺れながらも怯えていた。

「壊さないさ」

男の声に、聞きおぼえがあった。そこに潜む優しさに、奈緒美は混乱する。

その間にも、男は亀頭をじょじょに奥へと進める。

宗森の愛撫で感じやすくなっていた女壺は、巨根からの刺激を苦痛ではなく快楽に変換していた。

「私が私じゃなくなる……やめて……」

奈緒美のまなじりから涙が伝う。哀訴する姿が劣情をそそるのか、客席がどよめき、興奮しているのが伝わる。

「ここに来たときから、すべての望みを捨てるしかなかったんだ」

男がそう言い放ち、腰をグイッと突き出した。

「あう……あんんっ、太いっ」

最初、亀頭だけで裂けそうだった奈緒美の体は、この太さと逞しさを享受し、称《たた》えている。膣を肉棒が押しひろげる感覚に、酔いにも似た恍惚《こうこつ》を覚えていた。

「みなさん、オペラグラスをご用意ください。淑女から、たっぷりの愛液がこぼれております。巨根を受け入れ、お感じになっているようです」

司会者のアナウンスを聞いた奈緒美は目を見開いた。

慌てて頭をあげて、結合部を見る。

男の肉棒は、透明な粘液でテラテラ光っていた。

「ち、違います。感じてません、違う……くううっ」

奈緒美がオペラグラスで眺めている観客たちに、自分が快楽に堕ちていないと伝えようとしたが——男がまた腰を送ってきたときに、堪えきれず嬌声をあげてしまった。

ズズ……ズズズ……。

奈緒美の蜜口が巨根に馴染《なじ》んだのと、濡れが激しくなったことで、男は頃合と見て奥まで貫いてきた。

「はふっ……おううっ……す、すごいっ」

奈緒美の全身は汗で濡れていた。男に貫かれたときは、恐怖と痛みで胸もとの静脈が見えるほど蒼白くなっていた肌も、いまでは薄桃色に変わっている。

最も大きな変化は、男を受け入れている蜜口だろう。

（濡れてる……気持ちよくなっている……どうして……）

こんなにも太いモノを挿れられたなら、痛みで泣き叫んでいるだろうと思っていたのに、いままで味わったことのない快楽が子宮のあたりからひろがっている。

奈緒美の足から力が抜け、押さえる必要がなくなると、男は手を放した。

「何を……ああんっ」

男が奈緒美の細腰をつかんで、ペニスを一気に奥まで突き入れてきたのだ。

「くううっ……あっ、あっ」

子宮を押しあげられる感覚に、視界がくるめく。

息苦しいほどの快感と背中合わせの苦痛に、声が漏れてしまった。

奈緒美はこれ以上喘ぐかわりに、マットレスをつかんで堪えた。

「すごい……」

男がため息まじりに言った。いままで感情を交えず話していた男が、初めて仮面の裏に隠された心情を見せた。奈緒美が快感に打ち震えているように、男も少なからず愉悦に浸っているようだ。

男がペニスをゆっくり引き抜いた。

「だ、ダメ……急にそんなことしないで……ひ、ひいいいっ」

奈緒美に鳥肌が走る。あまりの快感に、体がパニックを起こしていた。

野太く、長大な男根で奥を突きあげられ、そして限界まで押しひろげられた膣を、今度は亀頭のエラがかいていく。

「あふっ、ふっ……くすぐらないで、あうっ、ううつっ」

この男に貫かれていた女性のように、思うまま嬌声をあげて快感に溺れたい。

本能はそう願っているが、人妻としての矜持《きょうじ》がそれを許さない。奈緒美ができることは、本能に流されないよう、己を戒めるだけだ。

「望みは捨てろ、と言っただろ」

男が抜き挿しのピッチをあげてきた。

パンパンパン！　ヌチャ、グチュ、チュッ！

結合部から派手な音が立つ。

「くうっ、うっ……うっ、うんっ……」

眉間《みけん》に皺《しわ》を寄せ、奈緒美は唇を引き結んだ。

そうしなければ、絶え間なく甘い声を出してしまいそうだ。それは、快楽への陥落と、夫への裏切りを意味する。

（私は純次郎さんの妻……妻だから……我慢して……）

自分に言い聞かせても、ペニスが音を立てて引き抜かれ、勢いよく奥へと打ちつけられるたびに、体中に花火のような快楽が打ちあがる。

男のペニスは長大なだけでなく、反りもキツい。

「くうっ……い……くうううっ」

いい、と言ってしまいそうになる。反った亀頭が宗森にくすぐられた場所を刺激しつづけるので、堪えきれぬ愉悦が抜き挿しのたびに押しよせるのだ。

奈緒美の双臀《そうでん》は、あふれた愛液でヌメヌメと光っている。

「イッてもいいんだぞ」

男にそう促されても、奈緒美は頭《こうべ》を左右に振った。

それだけは、女の意地として守りとおしたかった。

「我慢強いお方だ。だが、もういいだろう。昇天させてやりなさい」

天井から鬼怒川の声が降ってきた。

男が、その声を聞いて一瞬動きを止めた。そして、すぐに指示どおりに律動を強めた。

パスッ、パスッ、パンパンッ！

重い突きを連打され、子宮が揺れる。

奈緒美は唇をキツく閉じて、嬌声を堪えつづけたが――。

男が巨根での抜き挿しに加えて、女芯を軽くくすぐった。

これが、奈緒美へのとどめとなった。

「あうっ……くううううううっ」

奈緒美は顎を天井に向けて、弓なりになる。足の親指がくの字に曲がり、全身がしばし硬直した。

すると――男がペニスを引き抜いた。

火照った蜜壺が一気に寂しくなり、安堵《あんど》を覚えるとともに「もっと」と言いそうになる。

「正常位の次は、バックだ」

男が奈緒美の体をうつ伏せにして、尻を上向けさせる。

丸くたわわな尻を、男の長い指が左右にくつろげた。

ヌチャ……と音を立てて蜜肉が開く。

「もう、堪忍してください……く、ううっ……」

ズズズッ！

男が背後から怒張を突き入れてきた。そして、亀頭で子宮を揺すぶる。

「あうっ」

達したばかりの体に、また強烈な一打を食らい、奈緒美は桃色の声をあげた。

正常位のときは奈緒美を壊さぬようにゆっくりとした律動だったが、膣道がほどけたと見たからか、今回は最初からピッチが速い。

尻と腰が激しくぶつかり、音を放つ。

「くうっ、うっ、うっ、ううううっ」

奈緒美は額から汗を散らしながら、唇をかんだ。

正常位での交わりでは巨根が与える拡張の悦びに震えたが、後背位での交わりではピストンの速さがもたらす快感に翻弄《ほんろう》されていた。

(す、すごい……)

男は先ほども女性と交わったばかりなのに、すぐに奈緒美と交わり、体位を変えて責めつづけている。

夫は、正常位で交わったらすぐに終わってしまうのに——。

(い、いつになったら、この人はイクの……)

巨根で突かれつづけながら、愉悦を堪えるこの無間地獄がいつ終わるのかわからない。男がイク前に、奈緒美が快楽に呑まれてしまいそうで怖い。

事実、子宮を亀頭でつつかれるたび、夫では味わったことのない快楽がまた四肢を走り、奈緒美を苦しめる。

「まだ足りないのか」

男が腰を繰り出しながら、奈緒美の尻を打ってきた。

パチーン！　パチーン！

双臀が小気味よい音を立てる。

「はひっ、ひいいっ」

甘美な抜き挿しの合間に走る鮮烈な痛み。それが行為のアクセントとなり、女の体にさらに愉悦をもたらしてくる。

パンパンパン！　パチーン、バチーン！

双臀が卑猥《ひわい》な楽器となり、交合と打擲《ちようちやく》の音を響かせる。

客席は静まり返り、奈緒美が苦悩を相貌に浮かべながら貫かれる姿と、貞淑な人妻を責める男を注視している。

「ああ、イッてくださいっ、終わらせてっ……お、お願いっ」

奈緒美が堪えきれず、男に訴える。

「ショーで男がイクときは、中出しが決まりだ。それでいいんだな」

その言葉を聞いて、奈緒美は肩越しに男を見た。

「中は……ダメ。それはダメ……」

奈緒美が頭を振る。それは子供を作るときにだけ許される行為――。

「赤ちゃんができちゃいます……それだけは……」

「だが、これが決まりだ」

男がピッチをあげる。

「ひっ、うっ、ひっ……いや、いやっ……」

快楽と妊娠の恐怖が、ひと突きごとに増していく。

堪えに堪えていても、引き結んだ唇の端からはくぐもった嬌声とともに、涎が垂れている。恐怖、快楽、罪悪感のるつぼとなった奈緒美は、律動のたびに顔を前後させながら、泣いていた。

「泣き顔をみなさんに見てもらいながら、中出し、という趣向はどうかな」

鬼怒川の言葉に、客席から拍手があがる。

自分がいかに異常な場にいるのか、奈緒美は痛感した。

人の苦しみも、恥ずかしさも、ここにいる者にとって娯楽でしかないのだ。

男がつながったまま、奈緒美の上半身を抱えて、身を起こさせる。

「くうっ」

体位が座位に変わり、ペニスが内奥で動いた。思わず声が出る。

男は、奈緒美の背を己の胸に寄りかからせると、今度は奈緒美の膝にうしろから手をまわして大きく開かせた。

「いやあああ！」

つながったまま客に見せるように大股開きをさせられて、奈緒美は顔を手で覆った。

しかし、辱めはこれで終わらなかった。

男が、奈緒美とつながったまま、立ちあがったのだ。

「くうっ……あうううんっ」

ペニスの先端が子宮に食いこむような感覚に、奈緒美は声をあげた。

いままでのどの体位よりも深く強く貫かれ、背すじを愉悦が走る。

男は、結合したまま女を抱えているのに、楽々と立ちあがった。

「キツい……ああ……立たないで……ああ、ああっ」

懊悩をにじませながら、奈緒美は呻《うめ》いた。

しかし、男は止まらない。観客席の方へ、つながったまま歩いていく。

その観客席にいるのは、ひときわ大きな椅子に腰かける鬼怒川だった。

うっすらと笑みを浮かべて、奈緒美の顔を見つめている。

「いや、やめて、見ないでっ」

鬼怒川がうなずくと、男が律動を始めた。

立ったままつながるなど想像すらしなかった。しかも、その状態でこうも激しく腰を動かされると、途轍《とてつ》もない快感が走る。

自重で下りた子宮と、男の逞しいペニスが奈緒美の体内で強くぶつかり合う。

火花が散るような愉悦が奈緒美の全身を駆けぬけた。

ヌチュ、ニュチュッ、ニュチュッ！

つなぎ目が恥ずかしい音を立てる。Eカップの乳房が抜き挿しのリズムでブルブルと揺れる。

「なんといやらしい……」

「これは逸材だ」

観客たちの声が聞こえる。恥ずかしさで目も開けられない。

もし目を開けたら、奈緒美を見つめる鬼怒川のあのいやらしい目を見ることになるのだ。

「あんっ、すごい、すごいのっ」

奈緒美は快楽から目を見開いてしまった。

男が律動を速めたのだ。間断なく女の急所をくすぐられ、子宮を揺すぶられる愉悦は、耐えられるものではない。

「くうう、感じちゃう……悔しい……ああ、あああああっ……」

尻が――男の動きに合わせて揺れていた。

「うおおっ」

いままで受け身だった奈緒美が、腰を動かしたことで男の受ける快感が強くなったのか――男が声をあげる。そして、ピッチはさらにあがっていった。

激しい律動で愛液が飛び散り、観客席と奈緒美を隔てるマジックミラーに雫がついた。

「おお、イク……イクぞ……」

「ダメ、ああ、あああっ、あああああっ」

ズン！

男が強い突きあげを放つ。

ドピュッ、ドピュッ！

男の精が、奈緒美の中に放たれた。

「あああああっ……熱い……い……」

本当は、いい、と言ってしまいたかった。それを言わなかったのは、奈緒美の意地だ。男の樹液は一度では終わらず、数度に分けて奈緒美に注がれた。

「あんっ……くううっ……」

汚された。奈緒美は男とつながったまま泣いた。

結合部からは、子宮におさまりきらなかった白濁液が滴り落ちている。

「素晴らしいショーだった。だから……アンコールをお願いできるかな。お客様がみな、それを望んでらっしゃる」

ガラスの向こうで、鬼怒川がにやっと笑った。

絶望で、奈緒美の目の前が暗くなる。

「そんな……いや、いやっ……」

巨根が奈緒美の中でよみがえり、男が上下動を再開させた。

「いや、もう放して……これ以上は……あ、あああっ……」

奈緒美は蜜口から白濁液をこぼしながら、激しいピストンに翻弄されていた。

第二幕　輪姦の夜

1

「奥さん、手入れが上手になってきましたね」

宗森の言葉に、谷前奈緒美は唇をかんだ。

いま、奈緒美は鬼怒川のクラブの一室に宗森といた。

ここは二十畳ほどの部屋で、一面が鏡。中央に黒のマットレスにXの形をした奇妙な椅子が置いてある。

奈緒美は、そのX形の椅子に、磔《はりつけ》にされたように横たわっていた。両手両足には革手錠がつけられ、動くことができない。奈緒美の正面にある壁には一面、鞭や手錠、縄、淫具といった愉悦を与えるための道具がかけられていた。

いま、奈緒美はうしろ穴に入ったアナルプラグの様子を宗森に見つめられているのだ。

「ショー以外にも、こんなことをするなんて……」

奈緒美は弱々しく言った。

うしろ穴にこのアナルプラグを挿入して三日たっていた。

最初のショーのあと、帰る前に浣腸《かんちょう》で尻穴を清めさせられ、そしていま入っているアナルプラグよりも小さなものを尻に挿入された。

奈緒美は尻に小さな淫具を入れたまま、何ごともなかったように純次郎の病院へと行き、夫の世話を続けた。

(なんて恥ずかしい妻なの……)

忘れようとしても忘れられぬ、あの恥辱の一夜。それが悪い夢だったと思いたいが、尻に居座るこの淫具が忘れさせてくれなかった。

三日おきにクラブに来ては、淫具を取りかえ——淫具はじょじょに径が増し、いまでは男根ほどの太さを尻に埋《うず》められるようになっていた。

「使い捨ての女なら、いきなり太いモノを尻にぶちこんで、壊して終わりだ。それもウケるからな。でも、あんたは花形になれる女だ。使い捨てはもったいない。それに鬼怒川先生からも、丁重に開発するよう言われてるんでね」

奈緒美は、今日も夫の病院からそのまま、このビルに来た。

「ショーはあと五回だ。今日も乱れてくれよ」

その言葉に、奈緒美は鉛を呑んだように喉がつかえ、気分が重くなる。

観衆の前で、また辱めを受けねばならぬのだ。

(でも——耐えなきゃ)

奈緒美は目を閉じて、ここに来る前に夫と病室で過ごしたひとときを思い出した。病室で、奈緒美は夫に気取られぬように平静を装い、いつものように夫の手をマッサージしていた。

すると、夫が奈緒美の手に手を重ねてきた。

「奈緒美、ありがとう。鬼怒川先生から連絡があってね、渡航費を用立ててくださるそうだ。鬼怒川先生は奈緒美の一生懸命さに胸を打たれたとおっしゃっていたよ。本当にありがとう」

鬼怒川には、夫にショーのことは秘密にしてくれるように頼んでいた。彼はそれを守ってくれたらしい。

ショーに出るのはつらいけれど、夫の命が助かるのなら耐えよう——。

宗森がアナルプラグを抜いた。

「あっ……」

うしろ穴から、予期せぬ快感が走った。

(こんな私の姿を見たら、お父様やお母様はお顔を曇らせるのでしょうね)

排泄《はいせつ》の穴で娘が感じているなど、両親は想像もしないだろう。

ここで快感を覚えることが恥ずかしくもあり、どこか爽快《そうかい》でもあった。

(私は、お父様やお母様が望む以上にがんばっているんですもの)

奈緒美の実家は由緒ある神社で、氏子も多い。

跡取りの兄は父母から目をかけられて育ったが、奈緒美は良家に嫁ぐことだけを考えて生きろと言い聞かせられてきた。

それがこの神社存続のために役立つからと――。

教育と躾《しつけ》はいい嫁となるためだけになされた。

奈緒美は何不自由なく育てられたが、両親が決めた檻《おり》の中での自由だった。

そこで、見合い相手として現れたのが純次郎だった。

彼もまた、大企業の次男として窮屈な生き方を強いられていた。

純次郎は奈緒美の苦しみを理解し、奈緒美は、純次郎が家族から期待されていないことを自覚しつつも、それを跳ね返そうと苦闘する姿に自分を重ねた。純次郎は奈緒美の人生において、初めて現れた理解者であり、同志であった。

だからこそ、失うわけにはいかないのだ。

どんな辱めにあったとしても――。

「おっと、これからは目を開けていてもらおうか」

宗森の声に、奈緒美は瞼《まぶた》をあげた。

「自分が何をされるか、よおく見るんだ」

医療用のスチールワゴンが宗森の隣にあった。その上には、様々な淫具が載っている。

「あんたにいままでやったのはアナル拡張ってやつだ」

宗森は細長いバイブレーターを手に取ると、ワゴンに載っていたボトルを傾けて、透明な液体を先端にかけた。

「アナル……かくちょう？」

「尻の穴で男のモノを受け入れられるように準備したのさ。いまじゃ、最初のショーで咥えた男のモノも尻で味わえるぜ」

ショーのことを言われ、奈緒美は耳を染めた。

あの夜、三度も男の精を子壺《こつぼ》で受け止めた。

恥ずかしいことに——精を注がれるたびに達していた。

声だけはあげなかったが、純次郎を裏切ったことに違いはない。

「きょ、今日は、あの方は……」

あの太いモノでまた犯されたなら、今度こそ「いい」と叫んでしまいそうだ。

前回、体を合わせたときに思った。

もし、体に相性があるとすれば——あの男の体は、純次郎以上に合う。

だから、怖かった。自分を忘れて、快感に溺れてしまいそうで——。

「ショーの中身は俺も知らされてはいない。すべてを知っているのは鬼怒川先生だけだ。だからこそ、いつも俺も驚かされるんだ」

宗森は、鬼怒川に雇われた調教師だという。

女をショーであられもなく悶えるようにしこみ、どんなプレイにも適応できる体にするスペシャリストだと自慢げに話した。

「今日、あんたは何をされるんだろうな」

宗森は唇の端をあげて、身を乗り出した。アナルバイブが、奈緒美の尻に近づいてくる。

「お尻にそんな長いのは無理です。いやっ」

アナルプラグは長さは五センチに満たないものだったが、これは長さが二十センチはある。いくら浣腸で清めていても、そこに長い異物を挿れられるのは、どうしても受け入れられない。

「すぐに慣れて、こっちでも感じるようになるさ」

宗森が双臀を左右にくつろげた。そして、細長い淫具の先端を肛穴に当てると――グイッと押しこんでくる。

「あんっ」

アナルプラグで十分入口がほぐされているとわかっているからか、宗森は一気に根元までバイブを挿入してきた。

尻の中にこそばゆさと異物感がひろがり、驚いた腸が排泄しようと蠕動《ぜんどう》する。

「あうっ、うんんっ、おか、おかしい感じがします……くうっ」

奈緒美は、カチャカチャと革手錠の鎖を鳴らして身もだえた。

ここは性器ではないと主張せんばかりに腸が蠢き、そのせいで異物感が強く感じられる。

「まずは、この長さと中にいる感覚に慣れるんだ。その間に……」

宗森が革手袋をはずした。蛇の彫られた中指を奈緒美に差し出して、

「舐めろ」

と言った。

奈緒美は顔を背けて抗《あらが》ったが、宗森が左手で顎をつかみ、無理やり口を開かせる。

薄く開いた人妻の口唇に、蛇の刺青が彫られた指が挿しこまれた。

「しこんだとおりに、じっくり舐めな」

「くう……うう……」

自分をショーの前に狂わせた憎い指を、奈緒美は屈辱感とともに舐めた。

アナルプラグを挿入するたび、奈緒美はこの台の上に固定され、そして宗森の中指でフェラチオの練習をさせられていた。

（舌が……勝手に動くように……）

最初は、あまりの下手さに宗森に笑われもしたが、いまでは注意をされることもなくなった。宗森は鬼怒川に信頼される調教師だけあって、指示がうまい。言われたとおりに舌を動かし、唇をすぼめるうちに、奈緒美はフェラチオというものをマスターしたらしい。

「どこに出しても恥ずかしくない舌の動きだ。そういや、あんたにしばらくご褒美をやってなかったな」

褒美とはいったい——奈緒美がそう思ったとき、宗森は大きく開いた股の間にいた。奈緒美の唾液でたっぷり濡れた指で、女芯をさっと撫でる。

「くううっ」

ガクンと、奈緒美はのけぞった。

尻の穴への違和感が充満した体に、愉悦が走った。

異物感のためか、体はいつも以上に敏感になっていたようだ。

「あんたはアヌスで感じてないと思っていたらしいが——そんなことはねえ。アナルプラグで慣れた尻の穴は、チ×ポを思わせる長いものを挿れられて喜んでるんだ。その証拠がこれさ」

女芯のすぐ下にある、蜜口を中指が撫でる。

「ほおおっ」

また鎖を鳴らし、奈緒美は悶えた。

「ほら、見てみろよ。この指をさ」

奈緒美は薄目を開いて、蛇の刺青を見た。

それは、唾液よりも粘り気のある透明な露で濡れていた。

「違います……それは……違うの。あなたがつけたローションよ……」

奈緒美は頭を振って否定した。しかし、気づけば蜜口はジンジンと熱を持ち、尻穴が長い物を受け入れたように、己も何かを咥えたいと主張している。

「ほう、そうか」

宗森は奈緒美を見つめながら、中指を内奥に挿入した。

「うほうっ」

髪の毛が逆立つような愉悦が蜜壺からひろがった。

蜜穴と肛穴を同時に塞がれ、その双方で奈緒美は快感を味わっている。

宗森が間髪をいれずに抜き挿しを始めた。

「うう、ダメ……ダメですっ、あんっ」

宗森の魔性の指が、内奥で這いまわる。人の指とは思えぬ動きだ。

くねり、這いまわり、急所を捉える。

まるで、蛇の舌のように自由自在だ。いや、蛇の舌ではなく、何匹もの蛇が奈緒美の内奥でくねっている——そんな感覚に襲われる。

「なに、これ……あああ、あああっ」

蜜壺でひたひたと動き、女の急所——たしか宗森はGスポットと言っただろうか——を捉えると、そこを集中して責めてくる。

ふたつの穴を同時に責められながら、蜜穴と、うしろ穴を隔てる肉壁をくすぐられることも快感につながると、奈緒美は初めて知った。

「鬼怒川先生に感謝しな。あんたにはもっと新しい世界を知らせてやりたいって言ってたからな。だから、あんたは両方の穴で天国を味わえるってわけだ」

「いや、や、味わいたくないのっ……こんなの、許され……あうっ……うう」

宗森の指が、Gスポットに張りついた。

絶え間なく壮絶な快感が送られ、それだけでも昇りつめてしまいそうなのに、あろうことか尻穴のバイブレーターが振動しはじめたのだ。

「ほ、ほおおおおっ」

手錠足錠で磔にされていなければ、四肢を思いのまま動かしていただろう。それほどに強い愉悦だった。

唇の端からは涎が垂れ、目からは大粒の涙がこぼれる。

「いい顔だ……ショーの前に温めておかないとな……」

宗森が左手で、汗で顔に張りついた奈緒美の髪をそっとかきあげた。

「いや、やめて、これ以上は……お、おおおおっ」

Gスポットに張りついた指のほかに、もう一本指が入ってきた。

そして、二本の指で抜き挿しが始まる。膣内でひろげながら抜き挿しするせいか、まるで男根で貫かれているようだ。

「ほら、いいんだぜ。俺の手でイカねえ女はいない。好きに声を出せ」

「いや、あ、あぐっ……ぐっ……ううううっ」

律動のピッチが速くなる。

仮面の男のピッチを思わせる速さと力強さ。あの巨根がもたらした快感を思い出してはいけないのに、重ね合わせてしまう。

それとも、それも宗森の計算のうちなのだろうか——。

仰向けになっても崩れないEカップのバストが波打ち、呼吸が切迫してくる。

「あう、うっ、ううっ」

声に出すのだけは——奈緒美はその一点だけしかもう守ることができない。奥歯をかんで、声を必死に堪える奈緒美を見下ろす宗森の目つきが変わった。

「まだ意地をはるのか……落としがいのある女のようだな。でも、その我慢がどこまで通じるかな」

バチュ、バチュ、バチュバチュ！

律動のピッチがあがる。淫らな水音が秘所からはじけ、奈緒美の下腹がうねる。四肢に震えが走っていき——。

「あ……あううっ」

「いいって言えよ、イクんだろ？」

「い、言えないっ、ああ、あああっ」

奈緒美は、ガクンと大きくのけぞった。

それから、糸の切れた人形のようになり、ゆるゆると動きを止めた。

奈緒美は、意識が黒い穴の底に落ちる前に、

「あんたが、いいって言う日を愉しみにしてるぜ、奥さん」

という宗森の言葉を聞いた気がした。

2

奈緒美は、男に手を取られて廊下を歩いていた。

今日の衣装は、黒のレースの下着と黒のガーターベルト、そして足下は網タイツだ。ショーツは股の部分が割れており、尻の間から大ぶりの数珠のようなものが垂れている。

(こんなのを入れたまま歩いてる……なんてこと)

尻の中には、宗森がアナルビーズと言っていたものが入っていた。

アナルビーズは直径が三センチほどの玉がつながったもので、奈緒美の直腸

に十センチ、入りきらなかったものが三十センチほど外に出ている。

(くすぐったくて……気持ちがいいなんて情けないわ)

快楽に耐えながら、背すじを伸ばして歩くのは苦行だった。

「ではみなさん、お待ちかねの奈緒美嬢です。拍手でお迎えください」

司会者の朗々とした語りを聞いて、観客たちが拍手をしているのが聞こえた。

ドアが開く。

黒布で目隠ししていてもわかるほど、ライトは煌々と照っていた。

「二週間ぶりのご出演です。今回もまた、みなさんをこちらのレディが愉しませてくれることでしょう」

案内の男が手を放し、ドアを閉じた。

奈緒美がショーの主役として務めを果たすまで、このドアが開くことはない。

怯える心を奮い立たせ、奈緒美は毅然《きぜん》と顔をあげた。

(前回は恥ずかしい姿を見せてしまったけれど……私はどんな目に遭っても、感じる姿を見せたりしない……それだけが私に残された誇りですもの)

すると両肘《ひじ》を、それぞれ別の男が持った。

胸に当たる腕は筋肉が隆々としており、逞しい。

「聞いていたよりも若いし、いい女じゃねえか」

右側の男が言った。若い声だ。

「胸もでけえ。パイズリしてもらおうぜ」

反対側の男が答える。こちらは中年ぐらいか。

（二人……今回は二人を相手にするの……）

ゴクリと、怯えから喉が動く。

そのとき、尻に入っていたアナルビーズが一気に抜かれた。

「あんっ……んんんっ」

連なった玉が肛肉を刺激しながら直腸を下りて、肛門からひとつひとつ出ていく。摩擦が快楽を呼び、すばやい動きがそれを増幅させる。

「尻も開発済なら、壊れる心配はなさそうだ」

背後から別の声が聞こえた。

（まさか……三人なの……）

恐怖が一気に舞い降りて、奈緒美の総身をくるむ。膝が震え、ハイヒールで立っていられなくなり、奈緒美はくずおれた。

そこで、目隠しがはずされて、奈緒美は声をあげた。

正面にも一人いたのだ。つまり、合計四人。

「今日はこちらのレディに、終わりのない快楽を味わっていただきます。お相手は、当クラブの四天王、精力の強さも、折り紙つきの猛者《もさ》です。パール入りの真珠郎《しんじゅろう》、強烈なピストンが持ち味の伊達《だて》、巨根とスタミナの雷電《らいでん》、連射の剛田《ごうだ》。四人の手により、レディが発情する様を、みなさん、ご堪能ください」

司会の言葉を聞いて、奈緒美の肩が震える。

その奈緒美の肩を、男の一人が抱いた。

男たちは黒い目だし帽で顔を隠している。

しかし――それ以外は一糸もまとっていない。まとっているのは、みな分厚い筋肉と脂肪だけだ。

「ひっ……」

男たちの股間が目に入り、奈緒美は怯え声をあげた。

四人とも前回の男までいかないが、それぞれ大きなペニスの持ち主だった。

相撲取りのような体格の男のペニスは野太い。プロレスラーのように盛りあがった筋肉をまとった男のモノは、長さと太さを併せ持っている。

上半身は細身だが、太股が奈緒美の腰ほどもある男のペニスは長かった。

そして——正面に立ったがっちりした体軀《たいく》の男のペニスにはゴツゴツと粒のようなものが浮いている。

「パール入りは初めてか……まずは舌で女泣かせのこいつを味わってみな」

中央にあるマットレスに奈緒美は連れて行かれ、そこに押し倒された。

四方を男たちが取り囲む。

パールが入った男根はいきり立ち、臍《へそ》まで反り返っている。奈緒美の愛撫を待ち望むように、尿道口からは透明な体液がにじみ出ていた。

「一本しかお口に入りません……では、順番に……」

震える声でそういうと、筋肉隆々の男が奈緒美の手を取った。

「手と口で四人の相手はできるさ」

両手と口を使っても、愛撫できるのは三人までは——奈緒美がそう思ったとき、パール入りのペニスがいきなり口に入れられた。

「むぐうっ……」

男の臭いとともに径のある男根が滑りこみ、舌を小さな珠《たま》が撫でる。凹凸ができるように、プラスチック状の何かが皮下にしこんであるらしい。肉幹の奇妙な感触をおぞましく思いながら、奈緒美は口でそれを受け入れた。

「む……いい……」

パール入りの男——この男が真珠郎という男だろうか——が呻く。

宗森のペニスで幾度もフェラチオの練習をさせられたので、いまでは口にペニスが入ってきただけで、舌が自然と動くようになっていた。

「伊達だ。俺のもかわいがってくれよ」

伊達が奈緒美の手を取り、己のペニスを握らせる。男根は、指がかろうじてつくくらい太い。

「剛田、おまえも手でかわいがってもらえよ。宗森さんじこみで上手いぜ」

奈緒美は剛田の男根も握らされた。両手でペニスを扱《しご》きながら、口ではパール入りの男根にフェラを施していた。

「なかなか気が入っている……二週間で成長なさいましたな」

「ああ、たまらないわ……わたくしも、あんなふうにされてみたい」

観客席の声が聞こえる。

この浅ましい行為を、観客たちに見られている——奈緒美は、そのことを肌に刺さる視線で痛いほど感じていた。

(でも、今日がんばれば、また一歩純次郎さんの渡航に近づくのよ……)

涙がこぼれそうになるのを堪えながら、奈緒美は両手と口愛撫にいそしんだ。

「俺たちがいい思いをするだけじゃかわいそうだ。奥さんも愉しみな」

背後に、相撲取りのような体格の男——雷電がやってきた。

男三人の前に跪《ひざまず》いて愛撫している奈緒美の乳房を抱えると、じっくりと揉みあげてきた。そして、指先で乳首をクリクリ愛撫する。

「おむっ……ううっ」

奈緒美の背すじに汗が浮いた。

宗森と三日に一度会うたび、アナルプラグの交換だけでなく、様々な場所で愛撫されていた。そして、女体は愉悦に開眼しつつあったのだ。

「乳首をいじっただけでこの感度か……さすが、宗森だ」

雷電が、奈緒美の首すじにため息をかけてくる。

「あんっ」

「息だけでこれって、この女すごいよ、雷電さん。アヌスもいいんじゃない」

「そうだな……まずは味見といくか」

雷電が左手で乳首をいじりながら、右手は脇腹をなぞり、そして臀部へ、臀部からその谷間へと下りていった。

そして――。

「くううっ」

パール入りの男根を咥えた唇から、叫び声がほとばしった。

雷電の太い指が、アヌスに入ってきたのだ。

「奥さん、気持ちいいからって、俺のをかむなよ。ちゃんと舐めるんだ」

真珠郎が険しい目つきで奈緒美を見下ろしていた。

奈緒美は形のよい口の端から涎を垂らしながら、巨根を舐めまわす。その間も輪にした指で、両側に立つ男を愛撫しつづけていた。

（つらい……苦しい……でも……）

雷電の指が、奈緒美の肛穴に快楽を与えていた。ゴツゴツとした太い指が、直腸の中でかぎ状に曲がり、アナルビーズで敏感になった襞肉をかいてくる。アナルバイブとは違う愉悦に、双臀がヒクッとすぼまった。

「指で大喜びとは、とんだド淫乱だ。おとなしそうな顔をして、ケツの穴でチ×ポが欲しいと吸いこんでくるぜ」

雷電がそう言うと、真珠郎がにやりと笑った。

「俺たち三人に、ご奉仕してくださってるんだ。さっそくご褒美をやったらどうだ、雷電」

「そうだな……じゃ、いただくとするか」

雷電があぐらをかいて、マットレスにどっかり座ると、奈緒美の腰を抱えた。

「む……むううっ……」

ペニスを咥えたままなので、言葉にならない悲鳴を奈緒美はあげた。アヌスから指が引き抜かれ、白臀が左右に押しひろげられる。肛穴も、横に大きくひろがった。そこに、径のある亀頭が当たる。

「いきなりお尻はいやっ。無理です……やめて……くううっ」

　ググッ……。

　無情にも、矢印のようになった切っ先が、後門に食いこむ。

　アヌスで指もバイブも咥えていたが、男のモノを迎えるのは初めてだ。

　恐怖で総毛立ち、額にドッと冷や汗が浮く。

「みなさん、とくとご覧ください。奈緒美嬢のアナルバージンが破られる瞬間でございます」

　司会の声に、歓声と拍手が沸きあがる。

　情けなさに涙しても、拍手も、雷電の動きも止まらない。

　メリメリ……。

　ゆっくりと男根が直腸の中を進んでくる。

「お、おおお……」

　奈緒美は動きを止め、目を見開いた。

　愛撫が止まっても、男たちは怒る様子もない。奈緒美が雷電に貫かれ、快感に震える様子を見て愉しんでいるのだ。

「アヌスでたっぷり感じてるようだ」

「あのぶっといのをいきなり咥えて、オマ×コを濡らしてるぜ」

「鬼怒川先生が見つけただけあって、相当な淫乱だな」

男たちの呟《つぶや》き、観客席の拍手を聞きながら、奈緒美はまた自分がそれまでの自分から遠のいていくことを痛感させられていた。そして、男根が肛道を進むたびにしっかりと快感を得ていることに、絶望が深まる。

「淫乱じゃない……私は……目的があるからしてるのよ」

「口ではそう言うのさ、みんな」

真珠郎が奈緒美の心を見すかしたように言った。

その言葉に、奈緒美は心臓をつかまれたような気がした。

「いまは、アヌスでたっぷり感じな」

ペニスが肛道の中程まで埋められた。両手が空いた雷電が、背後から奈緒美の乳頭をつまんでくる。

「うくっ……あんっ」

感じやすくなった乳頭への愛撫で、甘い声が出てしまう。

さらに、肛穴へのペニスが少し動くたびに得も言われぬ愉悦がそこからひろがってきて、声がまた出てしまう。

「根元まで入ったぜ……尻穴がおいしいおいしいってヒクついてる」

雷電の腰と、奈緒美の双臀が触れ合った。肛道には子宮のように果てがないので、結合の深さは互いの腰と尻がぶつかってようやくわかる。

（私……この人のモノを受け入れてしまったの）

前回のショーに出てからひと月もたっていないのに、自分があまりにも変化していることに、奈緒美は衝撃を受けていた。

いくら嘆いても――体が歓喜している。それが悲しかった。

「尻の穴でチ×ポ咥えて、いい顔になってるぜ」

真珠郎が欲情で紅潮した奈緒美の顎をつかんで、また真珠つき肉棒を咥えさせる。

「むんっ……むんっ……」

乳房、唇、うしろ穴……そこから這いあがる快感に、汗が止まらない。

首は宗森にしこまれたとおりに前後に動き、舌は肉幹に自然とからみついていく。口内に居座る真珠郎のペニスが、愉悦から跳ねた。

「真珠郎さんと雷電さんにいじられて、感じてるなら……これはどうかな」

伊達と呼ばれた男が、奈緒美の股間に手を伸ばした。そして、しとどに愛液をこぼしている蜜穴に、二本の指を挿入する。

「くううう……むううっ……」

こめかみにジュワッと汗が浮き、頬を滴り落ちる。

感じるところすべてを塞がれ、奈緒美は目眩にも似た愉悦を覚えていた。意識も、体も逃げる場所はない。行き着く先は快楽の果てにある悦楽境だ。

（ああ、いやあああ……感じちゃう……感じすぎちゃう……）

四人の男はいつも組んで仕事をしているのだろう——呼吸が合っていた。

雷電はアヌスで律動を始めず、ほかの三人が愛撫しやすいようにしている。

伊達は指愛撫で正確にGスポットを刺激している。

真珠郎は奈緒美の体がほどよく揺れるように、腰を前後させていた。

「くうっ——ほまって……ください……」

奈緒美に口淫をさせているようで——真珠郎は奈緒美を愛撫していた。奈緒美の頭が前後に動くたび、体が軽く揺れ、蜜穴と肛道の快楽がひろがる。

ジュジュジュッ……！

「オマ×コが大洪水だ……奥さん、マットがびっちょびちょだよ」

伊達《だ》《じ》の言葉が耳朶を打つ。

「オマ×コをいじったら、今度は尻の穴が締まってきやがった……」

乳房を揉みながら、雷電が切迫した声をあげる。奈緒美も肛道からの愉悦を堪えきれず、尻をかすかに振っていた。

「真珠郎、我慢できねえ。俺は動くぜ」

雷電が言うと、真珠郎がうなずいた。

「むひっ……ひっ、ひっ、ひっ……」

下から肛穴を突きあげられ、奈緒美はペニスを咥えたまま喘ぎ声をあげる。

グチュ、チュ、チュ……。

聞こえる湿った音は、蜜穴のものか、肛道のものかわからない。

「おお、口もいいぞ……おお……」

真珠郎が奈緒美の頭を抱え、前後させる。強引なフェラチオで喉奥を突かれるたびに苦しくなるのだが——苦しさと背中合わせの奇妙な愉悦が、奈緒美の中で大きくなっていく。

「はひっ、あむっ、むっ……」

舌をそよがせながら、奈緒美は空いた手を虚空で躍らせた。

すると、反り返った男根が指先に触れる。最初つかんでいて、悦楽のために途中放してしまった剛田のペニスだ。

「うおっ……すげえテクだ……」

奈緒美は声に出せない愉悦を、そして肛道から脳髄へと這いあがる未知の快楽を、腕を動かすことで発散させようとした。

宗森じこみの手愛撫で剛田の肉幹をヌチュニュチュッと擦っていく。

「おお、おお……」

雷電の律動が大きくなり、背後から快感の声があがる。

口愛撫されている真珠郎のペニスも、小刻みに跳ねる回数が増えていた。

手で扱かれている剛田は、激しい運動をしているように吐息が荒い。

「みんないい感じだ……ここで一発イクか……」

伊達が指ピストンのピッチをあげた。

バチュバチュパチュパチュ！

濡れた音が鏡の間に響く。

「ふひっ」

前後から襲ってくる快楽が、奈緒美の総身を駆けぬける。

（が、我慢できないっ……）

奈緒美は背すじをのけぞらせ、四肢を痙攣《けいれん》させる。

「たまらねえ……チ×ポが限界だ……」

雷電がそう呟き、ラッシュをかける。

ドスドスドスドスッ！

重量感のある突きが肛道に放たれ――そこへ熱い飛沫《しぶき》が注がれた。

「お、ほおおおっ」

愉悦で叫んだとき、舌が真珠郎のペニスの裏スジを舐めた。

「こっちもイクッ」

真珠郎が口からペニスを抜き、奈緒美の顔に樹液をかける。

剛田も奈緒美の指愛撫を堪えかね、射精した。

連打した。

「あ、あああ……」

相貌と乳房に白濁液が降り注ぐ。アヌスで極まり、男性二人を感じさせた己のふるまいに奈緒美が恐慌を来《きた》したとき——伊達がGスポットを指ピストンで連打した。

「ひ、ひっ……前とうしろで……私……あああああっ」

奈緒美は秘所から蜜飛沫をあげながら、かつてない頂《いただき》に達していた。

3

「河合、いい女だったろう。味も最高だったか」

鬼怒川は自分の席から、奈緒美が達する姿を見下ろしていた。

「はい」

鬼怒川のボディーガードの河合は、感情を交えず答える。主人の言葉は必ず肯定すること。それがここでのルールだ。

奈緒美の初めてのショーで抱けと言われたから、河合は抱いた。

主人がそれを命じるのは初めてではない。

夫が作った借金や鬼怒川の裏カジノで負けた結果、ショーに出ることとなった女——このショーが見世物になるのは、富裕層の男や女が、あられもなく乱れるからだ。心身の健康に気を遣っているので、女は容貌も肢体も標準以上。そして自分の同類であり、ライバルである存在が悦楽に狂うのを鑑賞する優越感。だから、大金を払ってでも見たいと思わせるショーとなるのだろう。

そして、秘密を共有することでクラブの会員の絆《きずな》は強くなる。会員同士のさりげない会話から、巨額のビジネスに発展することもある。

散財するあてがないほど裕福な者たちのクラブ。

そのクラブの頂点にいるのが鬼怒川だ。病気で男性機能を失ってから、鬼怒川はこの歪《いびつ》な遊戯で欲情を発散するようになっていた。

奈緒美を手に入れてから、鬼怒川の熱中具合が違う。

河合もそうだ。いつもなら、河合は抱いた女のことなどすぐ忘れる。

しかし、奈緒美は別だ。

四年前、谷前会長の下で働いていたとき、初めて見た。そのときと変わらぬ美貌、清楚《せいそ》さ――それが目の前で汚れていく。

そして、誰あろう、奈緒美をショーで最初に汚したのは河合なのだ。

河合は胸のざわめきを感じながら、今夜のショーを見つめていた。


「あう……うう……」

達したあと、奈緒美は仰向けになっていた。

その間も、雷電のペニスは奈緒美の肛道に居座ったままだ。

「兄貴、こっちはいけるぜ」

雷電が言うと、真珠郎がうなずいた。

「伊達、指だけじゃ物足りねえだろ。いいぜ」

真珠郎が促すと、伊達は奈緒美にのしかかった。

「お尻に入ってるの……いまはよして……」

奈緒美がせつなげに囁くと、伊達はにやっと笑う。

「俺たちの仕事は、塞げるところは全部塞いでやることなのさ」

伊達はそう言って、ペニスを蜜穴にあてがうと――腰を送った。

「ほ、ほおおおおっ」

薄肉を隔てて、雷電の野太いペニスと、伊達のエラの張った巨根が擦れ合う。初めての感覚に、奈緒美の肌は汗でしっとりと濡れていった。

ヌチュ……グチュ……。

雷電が動かずとも、伊達が腰を送るだけで、蜜壺からは淫らな水音が立ち、腰に痺《しび》れるような愉悦が走る。

「いい顔になってきたな。剛田、塞いでやれ」

今度は、剛田が奈緒美の頭の横に顔をつき、肉棒を突き出す。

顎を押さえて口を開かせると、涎でぬめる奈緒美の口内にペニスをぶちこんだ。喉奥を突かれる苦しさに、胸がバウンドする。

「いやらしいおっぱいだな、奥さん」

剛田が片手で奈緒美の乳首をいじってきた。そうしながら、口でペニスを抜き挿しさせる。

（いやあああ……全部で受け止めるなんて……無理よ……）

蜜穴も、肛道も、口も——すべてに夫以外の男根が居座り、奈緒美を愉悦で征服しようとしている。

快楽に染まりたくないと思っていても——三人からの責めは圧倒的だった。

「あふっ、ふっ、ふっ」

鼻で息をしながら、呼吸とともに愉悦を体の外に逃がそうとする。そうでもしないと、膨れあがる快楽で気が狂ってしまいそうだ。だが、奈緒美の努力を踏みにじるように、伊達が凄《すさ》まじいピストンを繰り出してきた。

「くううう……あんっ、あああっ」

伊達の高速ピストンで子宮口を連打され、奈緒美の下腹が快感で波打つ。そのうえ、薄壁を隔てた向こう、肛道にも野太い雷電のペニスがいるのだ。二穴からわき起こる快感を堪えきれず、顔を左右に振った。

「おっと、自分が気持ちいいからって、務めを忘れちゃダメだ」

剛田が奈緒美の頭を押さえつけて、強引に咥えさせる。そして、こちらでも性交のように激しい抜き挿しをしてきた。

「んぐっ、ぐっ、むううっ……」

口を塞がれ、二穴でペニスが暴れる。

想像したこともない淫らなプレイに、奈緒美の気が遠くなっていた。

恥辱に満ちた行為を見られているうえに、この恥辱の中でも自分が恐ろしいほどに感じている——そう思うと、意識を消し去りたいとすら思う。

「いいマ×コだ……たまらねえ……」

伊達が、ため息をついて奈緒美の両足をつかんだ。そして大きくひろげて、結合を深くする。その状態で、抜き挿しのピッチをあげてきた。

「あう、ううっ、あんんっ……」

鼻から熱い吐息を漏らしながら、奈緒美も昇りつめていく。

尻が己の意識を離れてうねり、蜜壺はペニスをくるんで圧搾運動を始める。

アヌスを犯していた雷電も、辛抱できなくなったらしく、上下動を始めた。

「おお、おお、おおっ」

男二人の動きで口が揺れ、口淫をされていた剛田が声をあげる。

「イクぞ……おお……おおっ」

雷電が下から大きく突きあげ、動きを止めた。

肛道の中に、ジュワッと熱いエキスが注がれる。

と同時に、伊達も激しい突きを数度放って、動きを止めた。

「出るぞっ……うおっ……」

ドピュピュッ！

勢いよく子壺に精が振りかけられる。

剛田も、奈緒美の口内にたまらず吐精した。奈緒美は精液を涙とともに嚥下《えんか》した。それがこのショーの決まりだと、宗森から言い含められていたからだ。

「先生、奈緒美嬢と一戦はさせてもらえんのかな」

年配の男の声が聞こえた。

「ショーに慣れるまでお待ちください。そのあとはもちろん……」

鬼怒川がよどみなく答える。

そのやりとりを聞いていた真珠郎が、奈緒美に顔を寄せる。

「ここに出て、いろんな女を抱いてきたが、あんたがいちばん観客を沸かせてるぜ。実際、いいオマ×コだしな……へへっ」

「でしたら……今日のショーはこれでおしまいですか……」

「いや。今日のショーは俺らの気が済むまで続く」

「気が済むまでなんて……」

「最長はどれくらいだった、雷電」

「丸二日だったかな。あの女はあのあと壊れちまったよな」

二日──。

奈緒美が慄然としたところで、雷電が体を起こした。

「あううう っ」

肛道のペニスの位置が変わり、子宮にも快感が波及する。汗みずくの奈緒美は前屈《まえかが》みになり、うつむいた。その顎を、肉厚の指が上向けさせる。

真珠郎だった。雷電と挟むようにして奈緒美の前に座り、反り返った真珠入りのペニスの根元をつかんで上向ける。

「や、休ませて、お願い……」

「休みなくイキ狂うのが、今日のあんたのショーなんだ……なあに、あんたは腰を振って好きなだけイケばいいだけさ……天国じゃねえか」

前回の巨根の男とも何度も交わり、何度も達したが──相手が一人だっただだので、まだ耐えられた。だが、男たちに代わるがわるのしかかられるのは次元が違う。形、硬さの違うモノで貫かれるたび、別種の愉悦を味わうのだ。

(狂ってしまう……本当に)

未知の快感で自分が変質してしまうことが恐ろしかった。このショーのあと、純次郎と会ったとき、変化を気取られたら——夫はどんなふうに思うだろう。

「ああ、天国じゃない……地獄だわ……」

両目から、滂沱《ぼうだ》の涙があふれ出た。

「かわいそうになあ……どんな事情があるか知らねえが、こんな目に遭って」

「わかって……くださいますか」

「わかるぜ。だから、お互い気持ちよくなってすべて忘れちまおう」

そう言って、真珠郎は奈緒美の秘所に突起の浮いた男根を挿入した。

ゴツゴツした突起が膣道を撫で、感覚を研ぎすまさせる。

ズンッ!

真珠郎のペニスが、奈緒美の最奥、子宮口を穿《うが》っていた。

「あああっ……すごいっ」

奈緒美は髪を振り乱して喘いだ。乳房の谷間は汗で照り光り、腋《わき》の下からも、かぐわしい汗の香が立ちのぼっている。

雷電が腰をあげ、真珠郎が今度は下になる。

「奥さん、今度は尻で好きに動くぜ……アヌスでイキまくりな」

雷電の重い突きが尻穴に放たれる。

「はひっ、ひっ、前とうしろが壊れちゃうっ、ああっ」

アヌスからひろがる愉悦と、真珠入りの男根がもたらす快感が奈緒美の腰で渦巻き、理性が薄れていく。その証《あかし》に、唇からはだらしなく涎が垂れていた。

「たまんねえな……いい味だ……この味はずっと味わいてえな」

真珠郎が早くも呻いていた。

「俺もだ。こんなに締まりのいいケツは久しぶりだ。仕事を忘れちまう」

肛道を貫くピッチがあがる。

「あん、あんっ、勢いよくしないでっ、私、あ、あああっ！」

二本の巨根で――そのうちのひとつは真珠入りのものだ。ペニス二本で膣と肛道を隔てる薄肉を刺激され、奈緒美は四肢を震わせ、達してしまった。

「くそっ、イッたら締まりがよくなりやがる……」

奈緒美が薄肉への刺激で達したように、二穴を犯す男たちも、普通のセックス以上に感じるようだ。伊達が驚くほど早く達したのも、ほかのペニスが居座るために、蜜壺が狭く感じられたのだろう。

「たまらねえ……俺も限界だ……」

パンパンパンッ！

真珠郎が下から突きあげる。雷電も真珠郎に合わせてラッシュをかけてきた。

奈緒美の大ぶりの乳房が上下動のたびに真珠郎の胸に当たってひしゃげる。

「はひっ、ひっ、ひっ……い、いやあああんっ」

奈緒美は絶叫とともに昇りつめる。先ほど達したばかりなので、刺激を受ければ絶頂まであっという間だった。

「お、おう……また……出るっ」

「俺もだ！」

ドピュッ！

雷電と真珠郎が吐精したのは同時だった。

真珠郎の樹液が、人妻の蜜壺をしとどに濡らす。伊達に続いて、二度目の膣内射精だった。真珠郎がペニスを抜くと、おさまりきらなかった白濁が奈緒美の蜜口から滴って、黒のマットレスを濡らす。

「は、はあ……」

ふたつのペニスが抜かれ、奈緒美はマットレスで息をついた。

（終わった……これで帰れるのね……）

汗と精液で汚れた体を洗い、夫のもとへ帰らねば——。

そう思った奈緒美の前に、剛田と伊達が立っていた。

剛田のペニスは臍を向き、蜜壺を求めて先走りまで垂らしている。

「次は俺らの相手だ。俺は早漏ぎみだが、連射ができる。剛田は精力がすげえ。次は俺らが疲れるまで、つき合ってもらうぜ、奥さん」

剛田が奈緒美の足をつかんで、結合部がよく見えるように挿入すると——奈緒美は切れぎれの悲鳴をあげた。

それを聞いた鬼怒川の口の端は、半月のようにくっきりと、満足げな弧を描いていた。

第三幕　緊縛の夜

1

「河合さん、あの人なんなの」

駐車場から鬼怒川のもとへ行くところだった河合に、蘭《らん》が声をかけてきた。上質なサテンのガウンから、肉感的な太股がのぞいている。

蘭は、男なら目をとめずにはいない美貌の持ち主だ。

大手広告代理店の社長令嬢として何不自由なく育った蘭は、勉強に励みながらも中学生の頃から大人の遊びを覚えていた。お嬢様大学に合格したところで、さらに小遣いが増え、十八になるとともに鬼怒川が経営する裏カジノに出入りするようになり、瞬く間に借金を作った。

その返済のために鬼怒川からショーに出ることを打診され、二週間に一度ほど、ショーに出ている。

蘭は借金のために仕方なく、というより、趣味と実益を兼ねて出ているように見えた。本気でいやがっている女はわかる。乱れていても、男に蹂躙されていても、心に芯のようなものが通っている。谷前奈緒美は、前回の輪姦ショーでも「イク」とだけは言わずにいた。

体がいかに翻弄されても、心は急流の中の巌《いわお》のように流されていない。

「あなたと同じ境遇の方ですよ」

「そのわりに、みんな肩入れしてるじゃない。真珠郎だって、私のときより、いっぱい出してたし」

「それはたまたまでしょう。プロとはいえ、コンディションはありますから」

「ふうん。あんたもそうだったの。いつもより多くエッチしてたよね」

奈緒美の肌から立った得も言われぬ香り。密《ひそ》やかな吐息。それが突然、河合の中によみがえった。

「先生のご指示どおりにしたまでです」

鬼怒川に命令され、奈緒美を最初に抱いたのは河合だ。

河合のもとの雇用主、谷前会長の嫁を河合に抱かせる趣向を鬼怒川と客たちは愉しんでいた。

「ショーの厳しさを覚えさせるように言われまして、それで、あのときはいつもより多くさせていただきました。急ぎますので、失礼します」

そう言って、河合は話を終わらせた。

嘘だった。鬼怒川からそんな指示は受けていない。自分の判断でしたことだ。

河合は、なぜ自分がそんな嘘をついたのかわからないまま――鬼怒川のもとへ戻っていった。

2

「今日は電話でごめんなさい。風邪ぎみで……」

奈緒美は電話で夫にそう告げた。

「いや、毎日来てもらっていて、こっちも悪いと思っていたから、奈緒美も羽を伸ばさないと疲れてしまうんじゃないかって心配だったんだ。最近、ちょっと疲れていただろ」

夫に気取られていたことを知り、奈緒美の動揺は強くなった。

「わ、わかっていたの……くっ」

「どうかした？」

「え、ええ……大丈夫よ」

奈緒美は声を震わせないように必死だった。そのせいで、耳に当てられた受話器が湿るほどの汗をかいている。

奈緒美は天井から垂らされた朱縄で縛られ、宙に浮いていた。

「ひっ……」

女芯から痛みにも似た快感が這いあがり、声が出てしまった。

股に食いこむ縄を引かれ、鋭い愉悦が走ったのだ。

「奈緒美、どうした。やっぱり体調が悪いんだな」

「ちょっと目眩が……」

いまは、右膝だけをあげて、秘所を見せつけるようなポーズをとらされている。そして、胸もとから股間を通って尻に食いこむ縄を、真珠郎が持っていた。

奈緒美の体が揺れると秘所だけでなく全身に、痛みにも似た快感を送ってくるのだ。

「そうか。今日はゆっくり休むんだよ」

純次郎の優しい言葉に、奈緒美は涙しかけた。

夫の治療費のために尽くす奈緒美をねぎらう言葉。だが、奈緒美の中では、夫を裏切っていることへの罪悪感が増していた。

「わかったわ……じゃ、これで……うっ」

奈緒美は股間にバイブレーターを押しつけられて、目を見開いた。

官能の道具が女唇へと入ってくる。

宗森に開発された体は、淫具に素直に反応していた。

(うう……声が出ちゃう……)

肉幹の部分が振動して、牝襞に細やかな愉悦を送ってくる。それにプラスして、男根のような太さ、長さのもので貫かれる快楽に、子壷は歓喜の涎を垂らしていた。

「あっ、奈緒美」

快感の汗で額をきらめかせた奈緒美の耳に、夫の声が飛びこんできた。

もう電話が切られると思っていたので、奈緒美は驚いた。

「……いつもありがとう。愛しているよ。じゃ、大事にして」

そう言って、純次郎は電話を切った。

「奈緒美嬢ご夫婦による愛の語らい、いかがでしたでしょうか」

司会の言葉に、拍手が起こる。

「縄と快感で責められながらも、夫に気取られまいと尽くすこの姿、たいへん可憐《かれん》で美しいものでしたね。今日は、この人妻が朱縄と悦楽に狂う姿を、心ゆくまでご堪能ください」

拍手が大きくなる。観客席にはびっしりと観客がいた。

（私が、恥をかけばかくほど喜ばれるなんて……）

理解できない世界に放《ほう》りこまれた奈緒美は、汗で濡れたまつげをあげて、観客席を見た。観客席からは、期待と欲望に満ちた視線が送られている。

奈緒美はそこから視線をそらした。

――愛している。

その言葉が奈緒美を苦しめる。純次郎を愛しているからこそ、身を投げうって鬼怒川のショーに出ているが――していることといえば、奈緒美を愛している夫への裏切り行為なのは間違いない。

「前座は終わりだ。これからはこっちに気を入れな」

真珠郎が背後から声をかけてきた。縄が引かれ、朱縄が女芯に食いこむ。

「痛いっ……ああっ」

こめかみを汗が伝う。己の体重で肌に食いこむ縄は、敏感な場所――乳首や女陰といった場所を刺激していた。そのせいで、痛みだけでなく、妖《あや》しい愉悦を奈緒美は味わっていた。

「痛いだけじゃないだろ」

正面にまわった真珠郎が、女壺に入ったバイブを操りながら囁いた。

「くう……うう……」

奈緒美は唇をかんだ。

乳首は痛いほどとがっており、そのために縄に当たって、くすぐったいような、たまらない快感がひろがっている。

「アソコがびしょ濡れなせいで、縄の色が変わってるぜ」

真珠郎に言われずとも、奈緒美にもわかっていた。

股間に食いこむ縄の刺激で、恥ずかしいことに蜜壺は歓喜の雫をしとどにこぼしていたのだ。

「バイブじゃ足りねえか……もうそろそろぶっといのが欲しいだろ」

真珠郎が淫具を引き抜き、真正面から奈緒美を抱いてくる。顔が近づく。奈緒美は背けたが、真珠郎が顎をつかんで無理やり唇を重ねてきた。

（ああ……）

暗い穴に落ちるような絶望感に、奈緒美は襲われた。

この二回、ショーで口にはできないような辱めを受けたが、キスだけは誰とも交わしていなかった。奈緒美にとって、キスは特別な行為だ。

真に愛する人以外とはしたくなかったのに——ついに唇を奪われた。

「キスだけで気分を出して泣いてるのか」

チュッチュと淫靡《いんび》な音を立てて口を重ねていた真珠郎が、奈緒美の涙を見てニタニタ笑っている。

「違います……つらくて……」

「俺とのキスがつらいのか……だったら、キスで天国に行けば文句ねえだろ」

真珠郎が奈緒美に唾液を一方的に送りこんだあと、唇をはずした。顔が下りていき——蜜口に吸いついた。

ジュル……ジュルルルルッ！

「はうっ……ああんっ」

強い吸引に縄が揺れ、奈緒美の足が跳ねる。そのうえ真珠郎は、バイブの柄をつかんで円を描いていた。根元まで紫色のバイブを加えた蜜口が、快楽からヒクつき、粘度の高い愛液をこぼしている。

「ほほおおおっ……おううっ」

奈緒美は頭を左右に振った。

和風にセットされた髪がほつれ、鬢《びん》のあたりに汗の雫がきらめく。真珠郎の唇はタコの吸盤のように強く吸いつき、女芯を刺激しつづけた。

「あん、やめてくださいっ、苦しいわっ、ああああっ」

悶えるたびに、ギシ、ギシッと縄が鳴り、肌に食いこむ。

月のように冴《さ》えざえとした白肌と汗に濡れて色が濃くなった朱縄の対比。

観客席が、凄艶《せいえん》な奈緒美の姿に固唾《かたず》を呑んでいる。

「オマ×コ汁の味もよけりゃ、悶える声もたまらねえ。我慢できねえ……」

真珠郎がバイブを引き抜く。そして立ちあがると、臍を向いて反り返った自慢の肉根を秘所にあてがった。

「いや、あなたのはいやっ。だって……ああ、あああああっ」

ズズズズッ！

奈緒美が言葉を紡いでいる途中に、真珠郎は一気に挿入してきた。子宮口を突かれ、息が詰まる。

膣道に女の悦《よろこ》びが炸裂《さくれつ》する。

「あんたが前のショーのときに、いちばん気に入ったのが俺のモノだってのは先刻承知なんだ。縛られながらのセックスが癖になるように、今回もしこんでやるぜ」

真珠郎がグイッ、グイッと腰を突きあげ、律動する。

縄で縛《いまし》められ、身動きが取れない奈緒美は、真珠郎のなすがままだ。

「許して……真珠郎さん……私、おかしくなっちゃうっ」

ほつれ髪を相貌に垂らした奈緒美が、真珠郎をせつなげに見た。

「わかってねえな。あんたのその顔、その目つきが、俺らをその気にさせるんだ。あんたがせつなそうにするとムラムラしてしかたがねえ」

真珠郎が奈緒美の唇を奪い、太い舌をヌルヌルと侵入させてきた。

(んん……このキスは……私の……)

真珠郎の舌は潮の味がした。

己の欲情の蜜を味わわされ、情けなさに目がくるめく。

しかし、真珠郎は憐憫《れんびん》に浸る間すら与えてくれない。

「んっ……ちゅ……ちゅ……」

熟練を感じさせる舌の動きで、奈緒美を翻弄する。愛情の証ではなく、完全に愛撫としての口づけ。舌が奈緒美の歯肉を撫で、舌をからめとって蹂躙する。

それとともに、真珠郎は秘所での上下動を強めてきた。

「む……むぐっ、あんっ、むうっ」

キスをしながら、激しく突きあげられて、奈緒美は喉の奥からたまらず甘い吐息をついた。

その吐息を、真珠郎は奈緒美の熱い唾液とともに、満足げに吸っていく。

(前にされたときよりもつらいのはどうして……)

穴という穴でペニスを受け入れ、幾度も失神するまで四人の男の相手をしたときよりも、今日の方が胸が痛む。

あれは苦行だと思って割りきれたが——今日は奈緒美にとって最も大事な場所——唇を奪われながら快感を得ているからなのかもしれない。

「また気持ちよくて泣いているのか。お客も盛りあがるわけだぜ」

真珠郎が唇をはずして、客席の方へ視線を送った。

「そんな……」

客席には異様な光景がひろがっていた。カップルで来ている者は二人でまぐわい、そうでない者はほかの客や、クラブが用意した男女とまぐわっていた。異性とではなく、同性で交わるものも少なくない。

(おかしいわ……みんな、気が変になってる……)

その中で、鬼怒川だけはいつもと変わらず、河合を伴ってボックス席から奈緒美をじっと見つめている。

「俺もここは長いが、こんなのは初めてだ……全部、あんたのせいだぜ」

そう言って、真珠郎がピッチを速めてくる。

ギシ、ギシ、グチュ、ヌチュ……。

真珠を膣道に味わわせるためにか、律動はゆっくりだった。愉悦で浮いた汗を吸い、縄が鳴る。結合部からは奈緒美がこぼした愛液の音が響いている。

「くうう……うううっ」

奈緒美は首をくねらせて、声を堪えた。

真珠郎が腰を送るたび、脳髄が痺れるほどの快楽がはじける。

しかし、いくら体をほかの男に任せていても、心までは陥落したくない。

「その顔だ……その顔を崩したくてたまらなくなるんだ……」

真珠郎の目の色が変わっていた。

顎で背後の者に合図して、吊《つ》っていた縄を緩めさせる。二人はつながったまま、マットレスの上に横たわった。

「身動き取れないまま、俺の真珠で泣いてもらうぜ」

緊縛されたまま、奈緒美は仰向けになり、真珠郎に犯されていた。

ズンズンズンズンッ、パンパンパンッ！

体内には重い音が、そして結合部からは軽やかな音が放たれる。

重量感ある突きを放ちながらも、真珠郎の動きはすばやく、テンポがいい。

「ひっ、ひっ、ひっ、すごいっ……あんっ」

ゴツゴツしたペニスでピストンを受けるたびに、朱縄の間から突き出たEカップの乳房が、ぶるんぶるんと音を立てて上下に揺れる。

パール入りの巨根を咥えた女壺からは、随喜の蜜が飛び散っていた。

「ほら、もうひと息だ……いいって言えよ、奥さん」

真珠郎が、両乳首を律動しながらつまんできた。

「いやっ……それだけは、ひっ、ひっ、ひっ、ひいいっ」

奈緒美は目を見開いて、ガクッとのけぞった。

いまので軽く達してしまったのだ。

(このクラブで宗森さんに触られるたび、感じやすくなっている……)

奈緒美に縄化粧を施したのは宗森だ。そして、ショーの前に、秘所を淫具と指で責め、何度もイカせられた。そのたびに感度が高まり、達する回数が増えていることに奈緒美は気づいた。

「おっと、一回では終わらねえよ。あんたがもっとチ×ポが欲しくなるまで発情させろって言われてるんでな」

真珠郎が抜き挿しを再開させる。パールのついたペニスの感触がたまらず、奈緒美は口を開けたまま喘ぎつづけた。

愉悦の汗を吸って食いこんだ縄が、キュッキュッと律動のたび音を立てる。

「クリもビンビンだ……へっ、今日はこう言うんだぜ。奈緒美のおさねを愛してください、ってな」

そう言って、真珠郎はピッチをあげながら、奈緒美のクリトリスを指ではじいた。

「ひっ……ひぃいいっ……いい……」

イク――そう言いかけたが、ぐっと喉奥に呑みこんで堪えた。

しかし、発情した体に真珠つきのペニスと、女芯責めはキツい。

奈緒美は目もとを赤く染めたまま、真珠郎に訴えた。

「体が、もちません……イッて……イッて……」

達する寸前のまま愛撫される苦しさは、前回のショーで身に染みていた。

汗みずくの体は、感じすぎてもう力が入らない。

せめて奈緒美を達しさせて、一段落置いてほしい――そう願うほど、奈緒美はあと一歩の愉悦に苦しんでいた。

「今日の俺の役目はここまでだ」

真珠郎はペニスをずるっと引き抜いた。

「ああんっ」

物足りなさが、声になってほとばしる。

真珠郎が引き抜いたペニスに、名残惜しいと言わんばかりに愛液がまつわりつき、二人の間を粘ついた糸がつないでいた。

「今日のショーはこれからがメインよ」

真珠郎が背後を見る。

そこには、仮面をつけた老人と、瘦《や》せぎすの男が立っていた。

「君にお相手を願いたいと、大金を積んだ方がお二人いてね。素人とするのも、たまにはよかろう」

鬼怒川の声が天井から聞こえた。

奈緒美の肌が粟立つ。しかし、男たちは口もとに笑みを浮かべて、男根をしごきながらこちらに近づいてきた。

3

「初めてショーを見たときから、憧《あこが》れておったんですよ」

目もとを仮面で覆った老人が、奈緒美の蜜口を吸っていた。

「僕は前回のショーであなたを見て、恋に落ちてしまいました」

こちらもまた仮面をつけた若い男が、奈緒美の唇を吸っている。

緊縛されたままの奈緒美は、なすすべもなく、素人の男たちに弄《もてあそ》ばれていた。

いや、弄ばれてはいないのか——二人とも奈緒美をなぜか女神のように称えながら、優しく愛撫している。

「私は……そんなお相手になれませんわ……だから……あんっ」

青年に背後から乳房を揉まれ、ヒリつくほど敏感になった乳首をはじかれると、奈緒美は喘いだ。

「あの四人とプレイしながら、心まで快楽に染まらない姿、最高にいやらしかった……」

青年はうっとりと乳房を揉みながら、ときおりキスをしてくる。

「おお……なんときれいな女陰だ。さねもビンビンで、縄が似合っておる。私はあなたのような人が好みでのう」

老人は、髪こそごま塩だが、体には筋肉と脂肪がほどよくつき、がっしりとしている。

ペニスの大きさはショーに出る男たちに比べれば標準的な大きさだが、黒光りしているところから、相当な経験者に思えた。

「奈緒美さん、あんた、私に舐めさせる前に言うことがあるだろう。言えば、今日の出演料にまた百万円を上乗せしてやってもいいんだぞ」

そこで、奈緒美は真珠郎に言われたことを思い出した。

手術が成功しても、純次郎が回復するまでは金がかかる。金は純次郎の命をつなぐ。浅ましい——そう思いながら、奈緒美は震える唇を開いた。

「な、奈緒美のおさねを……愛してください」

「ほほお、自分からそう言うとは、さすが鬼怒川先生がしこんだだけある。あんた、自分が言った意味がわかってるのかい？　おさねってのは、クリトリスの意味なんだよ」

奈緒美は意味を知らぬまま、痴女のような言葉を口走ってしまったのだ。

「奈緒美さんはかわいいな。乳首をビンビンにして、顔を真っ赤にして」

背後に座る若い男が、奈緒美の耳たぶをかみながら、乳首をまたつまんだ。

「くううんっ」

朱縄を打たれた体がうねった。快楽に身をよじれば体に縄が食いこみ、また快楽がやってくる。終わりのない悦楽の中で、奈緒美は汗みずくになっていた。

「さ、奈緒美さんのおさねをいただくとするか」

老人が舌を伸ばした。驚くほど長い舌で、それが奈緒美の股間へと近づいてくる。見ていられなくて顔を背けたが、若い男が奈緒美の顎をつまんで前を向かせた。

「奈緒美さん、こうやって見ると感じるでしょう。視姦というんですよ。自分のオマ×コをベロベロ舐めまわされるところを見て、感じてください」

　若い男もかなり興奮しているらしく、奈緒美の双臀に押しつけたペニスから先走り汁があふれていた。

　そうこうしているうちに、老人の舌が奈緒美の秘所に触れた。

「あうっ……」

　ひと舐めしたあとで、老人は舌を縦横無尽に動かした。

　奈緒美は真珠郎が性交途中でペニスを抜いたので、物足りなさを覚えていた。愉悦の熾火《おきび》が残る女陰を舌で舐めまわされて、感じないわけがない。

「あんっ、あんっ、んんっ、もっと……」

　プロほどの技巧もない男性の舌で、奈緒美は強く感じていた。

　そして、あろうことか、自分からさらに悦楽を求めてしまった。

「もっと、どうしてほしい？」

　老人が女芯を集中して舐めながら聞いてきた。

「ああ、熱くてたまらない……助けてください……私を解放して……」

　奈緒美は涙をこぼしながら、男にそう言った。

「解放……ふん。あんたが欲しいのはこれだろう」

老人が身を起こし、黒光りするペニスを奈緒美に見えるようにしてしごいた。

それに目を注いでいた奈緒美の喉が鳴る。

「イキたいんだろ……ほれ、このチ×ポでよければ突いてやるぞ」

男の嗜虐《しぎやく》的な言葉に、奈緒美の乳頭はなぜか硬さを増した。そして、子宮の疼《うず》きが強くなる。

奈緒美は肩が上下するほど荒い呼吸をしながら、ペニスを見つめていた。

「ああ……私……欲しいです……」

言ってから、奈緒美はハッとした。欲情に流されて、本能のままの言葉を発してしまったのだ。

「普通のチ×ポでもいいのか」

欲しくない――そう思っても、口をついて出たのは別の言葉だった。

「素敵なオチ×ポです……硬くて、反っていて……」

欲望に浮かされた瞳には、老人の男根は十分な太さと反りがある理想的なペニスに見えていた。

いまはそれを、欲情で燃えさかる肉壺に埋めてほしくてたまらない。

「かわいいことを言いなさる……かわいがってやろう……」

老人が、奈緒美の蜜口に亀頭をあてがった。

真珠郎のモノでほぐされた蜜穴は、男のモノをなんなく受け入れた。

「あふっ」

「うおお……これは……名器だ……吸いつきがたまらん」

男が呻く。

老人は奈緒美の体を抱きしめながら、腰をグイグイ使ってきた。巨根でも技巧に満ちた律動でもないのに、奈緒美は充足感から喘いでいた。

「くううっ……うっ……あううんっ」

「かわいいな……絶対にイクとは言わんのがいい……」

男は奈緒美の頬を舌でベロベロ舐めまわしながら律動する。

（いやああ……こんなふうに舐められるなんて、いやなのに、なのに……）

見ず知らずの男に弄ばれて、感じるのはありえないと思っていた。だが、いままでは別な男に抱かれるたびに男根の違いとそれがもたらす愉悦の違いを味わうまでになっている。

(変わってしまったのね。私の体は……)

奈緒美をさらに悲しませたのは、心でいかに嘆いていても、いざペニスを迎え入れると体に火がつき、子壺から愛液がしとどにあふれることだった。

——愛している。

耳に残る純次郎の言葉。それを心のよすがにするが、こんなにも汚れてしまった自分に、夫の言葉を受ける資格はあるのだろうか。そう考えてしまう。

「奈緒美さんや、私としているのに、ぼんやりするのはいかんなあ」

老人が、若い男にうなずいた。すると、うしろ手に縛られていた奈緒美の両腕が引かれる。

「痛いっ……あ……あああ……」

胸のあたりの筋肉が引きつり、痛みが走る。それとともに、無理な姿勢をとらされた肩が、ギシギシと痛んだ。

「縄で縛られながらのセックスは、やりようがいろいろあって愉しめるのよ。いいもんだろう」

老人は柔らかげな雰囲気ながら、このクラブの客らしく淫らなことには詳しいようだ。

「許してください……痛いのは、つ、つらいです」

長いまつげに涙を浮かべ、奈緒美は訴えた。

「痛いか、つらいか……かわいそうに……では……もっと痛いのはどうだ」

男が嗜虐的な笑みを浮かべる。

老人の傍らに、真珠郎が工具箱を置いていった。男が工具箱を開けると、電気工事に使うようなバッテリー類などが入っている。男は、そこから洗濯ばさみを取り出した。

「縛られる快感というのはな、自由を制限された中で、何が起こるかわからぬ状態に身を置く快感なのだよ」

男がそう言うと、男根が奈緒美の子壺内で跳ねた。己の言葉に興奮しているらしい。

「そして、その状態だと、ありふれた痛みですら特別なものに変わる」

「ひっ……ひいいいいいっ」

敏感になった乳首を洗濯ばさみで挟まれ、奈緒美は身をよじった。

苦痛の汗が総身に浮いて、全身を走る縄の肌についた側が濡れて色濃くなっていく。

「うむ……思ったとおりだ……奈緒美さん、あんたはいいマゾだ。洗濯ばさみで乳首をつままれたとたん、オマ×コの締まりがキツくなったぞ」

「締めて……ません。痛いから、体が勝手に……ああ、つらい……」

悩ましげに身をよじる奈緒美を見て、客席が熱を帯びる。

「くう……痛い……ちぎれそうですっ……」

頬を玉のような汗が伝い、下瞼に朝露のような涙が盛りあがる。

「ちぎれるとは……こんな感じか？」

老人が洗濯ばさみの先端をつかみ、力を加えた。

乳頭が薄くなるほど強く挟まれ、奈緒美は悲鳴をあげる。

のけぞると、女芯を伝う縄が食いこみ、そこでも痛みがはじけた。

「おお、おお、かわいそうになあ。こんなに汗まみれで喘いで」

若い男が、奈緒美に痛みを与える姿勢で固定した。関節が痛み、呼吸が浅くなる。その状態で、老人が律動を始めた。

「ひっ……ああ、あああんっ、すごいっ、あんっ」

奈緒美は初めて、思ったままに声を出していた。

朱縄と道具で味わったことのない痛みに苦しんでいるせいか、膣道を走る快楽が数倍にも増して感じられる。

「いいか、いいか、わかるぞ……こんなに締まってるんだからな」

男が律動を速める。腰づかいはタフで、真珠郎にひけを取らない。

グチュ、チュ、ニュチュ……！

奈緒美の秘所が放つ音は、淫らさを増していく。

「くう、ああっ、ひいいっ……」

首をめぐらせるたび、結いあげられた髪がほつれて襟足にかかる。愉悦で薄紅色に染まった首すじに、背後にいる青年が唇を落とした。

「ほおっ」

それだけで、奈緒美はまたガクンとのけぞった。乳首を挟むようにして食いこむ朱縄に性感帯を刺激され、またつなぎ目から愛液がとろっと出る。

「これはいい……とんでもない名器だ」

最初は余裕たっぷりだった老人が、額に汗を浮かべていた。

律動しながら、唇を引き結んでいる。そうでもしなければ、すぐに奈緒美に溺れてしまいそうだと言わんばかりだ。

「終わりにして……くうっ、ううっ……」

背すじがゾクゾクする。緊縛されたときは、自由を奪われた苦しみと奴隷のようなその姿を情けなく思ったが、いまは縄に抱かれていることで、快楽が強くなっていることに、奈緒美も気づいていた。

（はやく終わっていただかないと……私が狂ってしまう……）

男四人に組み敷かれ、終わりのない快楽を味わわされたあの夜、奈緒美はそれでも「イク」とだけは言わなかった。

だが、新たな経験を積めば積むほど、快感が深く大きくなる。

「客に、イケと催促するとは……意外と気が強いな」

男が目を細めた。背後の青年に合図すると、青年が工具箱から何か紐状のものを手に取った。紐の中心には、長さ五センチほどの竹がついている。青年が奈緒美の口もとにそれを当てると——うしろにぐいっと引いた。

「あぐっ……」

竹が口に食いこみ、口の端から涎が垂れる。青年はうしろで紐を結んだ。

和風の口枷《くちかせ》だ——奈緒美はさらに奴隷めいた状況に置かれたことに戦慄する。

(この人たちは、どこまで私を苦しめれば気が済むの……)

「気の強い女には、躾が必要だからな」

緊縛された奈緒美に、乳首に洗濯ばさみを、そして口枷までつけた男は満足げにそう言うと、上下動を強めてきた。

嗜虐性の持ち主なのか、奈緒美のこの姿に興奮し、内奥に突き刺さったペニスが反りを増している。

「むぐっ、ぐっ、ぐううっ」

髪を揺らしながら、奈緒美は子宮を揺さぶられ、額から汗を散らした。

叫ぶことも、動くこともままならないいま、子壺で受ける快楽が、かつてないほどに存在感を増していた。

「どうした、腰まで牝犬《めすいぬ》のように振って……恥ずかしい姿だな」

男がそう言って、奈緒美の額に舌を押しあてると、下から上へとゆっくり舐めあげた。おぞましい愛撫を受けながらも、背すじが震えてしまう。

（いやあ……感じちゃう。感じて、狂ってしまう……）

それを証明するように、奈緒美の股間からはパチュパチュッと愛液が泡立つ音が立っていた。そして、蜜口は老人のペニスをもっと味わいたいとばかりに、キュンキュンと収縮している。

「ほら、もっと気を入れて腰を振れ、ほらっ」

背後の若い男が、揺れる奈緒美の尻を打った。

バチーンバチーン！

打擲の音が鏡の間に響く。快感の渦に揉まれた女体に、また苦痛が走る。

「むふううっ……ううううっ」

尻に手の痕《あと》がつくほど強くたたかれたのに、痛みより愉悦が勝っていた。頭に白い花火があがり、唇の端から垂れる涎はいくすじにもなっている。

「自分が根っからのマゾだと知らんかったようだな……ほら、ごらん。おまえは、辱めを受けるたびにこうなってるんだよ」

老人が奈緒美の髪をつかんで下を向かせた。

（あっ……そんな……）

赤黒いペニスを咥えた己の襞肉、そこが興奮のために深紅に染まっている。奈緒美を驚かせたのは、その色の変化だけでなかった。女蜜の色も透明から白く濁った色に変わっている。

「そう、これは本気汁の色だ……おまえは縛られ、痛みを与えられて、こんなにも感じてるんだよ」

「ああ……」

奈緒美の声音に絶望の色がにじんだのを聞いて、男は目を細めた。

「マゾは言葉で責められても感じる……また締まったぞ。あんたのマ×コが」

老人は、あえて卑猥な言葉を使って、奈緒美の羞恥心《しゅうちしん》をかきたてた。

「うう、ううううっ」

もうやめてと、濡れた瞳で訴えかけるが――。

「もっと責めてほしいか。そうか」

男は、奈緒美の乳首の洗濯ばさみをつまみながら、上下動のピッチをあげていった。

「うっ、ひいっ、いはいっ、ふうっ、くううっ」

耳の前に垂れたひとすじの髪が、揺れるほどの律動。

緊縛され、素人とおぼしき男に抱かれながら、こうも感じる情けなさ。

しかし、奈緒美が嘆いても、体は淫らな液をこぼして歓喜しつづけている。

「すごい匂いだ……匂いだけで射精しそうだよ」

背後から縄を操る若い男が、奈緒美の豊臀に先走りでヌルヌルになった切っ先をこすりつけていた。男の言うとおり、本気汁の匂いがあたりにたちこめ、その匂いが奈緒美の嘆きをさらに深める。

「また締めて……私のナニを食いちぎるつもりか、このマゾが」

男にそう言われ、奈緒美は愕然とする。

(してません。締めてもいません。それに私はマゾじゃ……)

言葉にできぬ思いを涙に託しても、嗜虐性に火のついた男には通じない。

素人とは思えぬ力強い律動で、奈緒美の子宮口を突きまくる。

「ぐううっ、ううう、うううっ」

洗濯ばさみのついた乳頭が派手に揺れ、そのたびに痛みが走る。

内奥からは突かれるたびに炎のような愉悦が走り、全身を焦がしていく。

汗はとめどなく流れ、鬢のあたりをしっとり濡らしていた。

「口枷の女を犯すのは、やはりいい……お、おおお……」

老人の男根が跳ねた。射精が近づいたのか、抜き挿しも差し迫ったものになってくる。

パンパンパンパンッ！

座位だというのに、激しい音が結合部から立った。

「ひひ……あふっ、ふうんっ……ふっ……ほう、はめぇえ……」

奈緒美がのけぞる。

男が、ズンズンっと強烈な突きを二回繰り出すと――。

「おお、おおおおっ」

子壺に熱い飛沫を浴びせた。跳ねまわるペニスが、火照った膣道にまた愉悦を与え、そして尿道口からほとばしる樹液がまた女の体に官能を刻みこむ。

最後の一滴まで注いだところで、老人は肉棒を引き抜いた。

「あふ……ふう……」

背後の若い男に縄をつかまれていなければ、奈緒美はマットレスの上に倒れこんでいただろう。

黒いマットレスの上には、奈緒美の太股から垂れた白濁液と、本気汁が飛沫となって散っていた。

「次は僕の番ですね」

カチャ……。

首に何かがつけられる。驚いて、奈緒美は壁にある鏡を見た。

そこには、犬のように首輪をつけられ、朱縄で緊縛された自分が映っていた。

「ひやあっ」

竹の口枷で封じられていなければ、大声をあげていただろう。

あまりに情けない姿だった。

「首輪をつけてプレイするの、僕の趣味なんですけど……金で買った女も、僕の相手を喜んでしてくれる女も、本気でいやがってくれなくて。でも、あなたは違う。本気でいやがって、それでいて感じてくれる、理想的なマゾ女です」

青年は奈緒美の首輪から垂れたリードを持って、歩きはじめた。

老人は、真珠郎から手わたされたガウンを着て、二人の様子を愉しげに眺めている。

「ひい、ひいい……」

歩くたび、敏感な場所に縄が当たる。性交しやすいように、膣口を避けて縄は股間を這っているが、女芯には常に食いこむようになっている。

吊《つる》されていたときも、この縄に苦しめられたが、歩くのもまた苦行に近い。

「美人で、品があって、それでいて快楽に堕ちてない……そんな女の人が、首輪をつけて、股間から精液を垂らしながら歩いているなんて……最高だ」

先を歩く青年のペニスがぐぐっと反り返る。

(私を言葉で貶《おとし》めて、苦しむ姿を見て興奮してる……)

愉悦で体は火照っているのに、背すじを冷たいものが伝った。

先ほどの男に比べれば、細長いペニスだが——根元に何かリングのようなものがついている。竿《さお》の下の部分に、イボのついた輪がついていた。

「あなたとセックスをする権利は、オークションで買ったんですよ。さっきあなたが真珠郎さんとセックスしていたとき――あのとき、客席でオークションが行われていましてね。あなたは、競り落とされたんです」

青年がクスッと笑いながら言った。

世間話のようにしているが、話の中身は異常だ。

老人と同様に、この青年もかなり嗜虐的な性癖の持ち主のようだ。

「でも、落札価格はなかなか高価でね。僕には手が届かずがっかりしてたんです。そうしたら、鬼怒川先生が、あることと条件に僕もセックスさせてくれることにしたんですよ」

できることなら、耳を塞いでその条件を聞くのをやめたい。

しかし、緊縛されている奈緒美には叶《かな》わぬことだ。

「鬼怒川先生の目の前で、汁まみれのあなたを抱くのなら、僕も参加させてくれるって」

気づけば、青年は鬼怒川の方へと歩いている。

「ふううっ。ふうっ」

口枷の端から、拒絶の言葉を出す。

衆人環視の中で交わるのに慣れたとはいえ、鬼怒川の目の前はいやだ。彼の視線は、奈緒美の隅々を舐めまわすようで、生理的に耐えられない。

何よりも、夫の命と引きかえに、奈緒美をこの快楽地獄に堕としたのは鬼怒川なのだ。恩義はあっても目の前に行くのは、やはり心苦しい。

「鬼怒川先生も、あなたを買ってるんですよ。二人で先生の望みを叶えてあげましょう」

青年が奈緒美の首輪から伸びた縄を引いた。バランスを崩して、奈緒美がよろけると青年が抱き止め、そのまま跪かせる。

頭のうしろの紐がはずされ、口枷が床に落ちた。

「咥えろ。牝奴隷らしく、奉仕しろ」

奈緒美は、鬼怒川の視線が頬に刺さるのを感じながら、男性のペニスに舌を伸ばした。すると――乳首の洗濯ばさみの先端に、青年が力を加える。

「あうっ……いっ、つううっ……」

痛みで目の前が赤く染まる。苦痛の汗を額に浮かべた奈緒美が青年を見ると、青年は厳しい目で見下ろしていた。

「ご主人様、いただきます、は？」

気弱そうな青年は豹変《ひょうへん》し、奴隷の所有者のようにふるまっている。

青年の指先に力が入る。キリキリと乳首が痛み、ちぎれそうだ。

奈緒美は、叫びそうになるのを堪えながら、こう言葉を紡いだ。

「ご、ご主人様、いただき……ます……」

「いいぞ、咥えろ」

許しが出て、奈緒美は反り返ったペニスを口に含んだ。男根が細長いので、上体を少し伸ばさなければ口に入らない。しかし体を伸ばすと、縄が股間に食いこんで、これもまた奈緒美を苦しめる。

「はむっむっ……」

奈緒美はようやく口に含むと、宗森にしこまれたように頭を上下させた。

目の端に、少し上からこちらをのぞきこむ鬼怒川の顔が入る。

目をギラギラさせ、ガラスに顔を押しあてるようにしている。

(鬼怒川先生が見ている……なんて目で……)

夫とともに結婚の挨拶をしたときから感じていた鬼怒川の欲望に満ちた視線。

それが、いま裸身に縄打たれた奈緒美に注がれている。裸になり、これ以上見られる場所はないはずなのに――鬼怒川はまだ足りないと言わんばかりにこちらを見つめていた。

「物足りないな……」

青年が奈緒美の頭を抱えて、男根の根元まで咥えさせた。奈緒美は朱縄を体に食いこませながら、息がつげずに身もだえる。気が遠くなったところで――青年が頭をうしろに引かせた。

「はっ、はぁっ、はぁっ……」

溺れかけていたように、奈緒美は大きく息を吸いこむ。青年の亀頭と、奈緒美の涎がいくすじもの糸を引いてつながっている。

「どんなに苦しめても、品をなくさないなんて……最高だ、あなたは」

そう言いながら、青年が奈緒美の髪をつかんで、背後にまわった。奈緒美は鬼怒川に仰向けの顔を向けたまま、口からは涎とも先走りともつかないものを垂らしている。

（はっ……あの人は……）

鬼怒川の背後に、河合が立っていた。

河合の瞳には、観客や、鬼怒川のような欲望がない。

そのせいか——奈緒美は一気に羞恥の炎に覆われた。

(ここにいる人たちのように、欲望に狂っていない……そんな人に見られると、こんなにも恥ずかしいなんて……)

奈緒美はボディーガードから目を背けた。

「おっと、鬼怒川先生を見ながらするのが約束だ。前を向け」

男が奈緒美を床に押さえつけ、尻を掲げさせる。

そして、髪の毛を引いて、上を向かせた。

奈緒美と、河合の目が合った——ような気がした。

「見ないで……まともだったら、見ないで……」

「鬼怒川先生になんてことを言うんだ、この牝奴隷が」

青年は、奈緒美の言葉が鬼怒川に向けられたものと勘違いして、奈緒美の尻を打擲した。力は強く、ビターン、ビターンと打たれるたびに、尻から体の芯まで痛みが走る。

「ひやあぁっ……も、申し訳ありません、ご主人様ぁ……」

痛みの力は強烈だった。先ほど一度言わせられた「ご主人様」という言葉が、自然に口をついて出る。

打擲で尻が揺れると、四肢に食いこむ縄が愉悦を与え、苦痛と快楽の相反する感覚で人妻の体はまた火照った。

「欲しいか、俺のが」

蜜口はヒクつき、子壺は欲情で脈打っている。

「あうう っ……」

奈緒美の視線の先には、鬼怒川と河合がいる。

鬼怒川の視線も耐えがたいが、何よりつらいのは、常識が残った河合の視線だ。まともな人間の前で、浅ましいことを言うのはつらい。

「欲しいか、と聞いているんだ」

ビターン！

打擲が続く。痛みが、欲情が、喉までせりあがり、終わりまで言わせようとする。

しかし、奈緒美はためらっていた。

（どうして……純次郎さんに見られているわけでもないのに、私はどうして意地になっているの……）

自分の心がわからぬまま、奈緒美は打擲と愉悦に耐えた。

「口上も言えないのなら……中出しのときに言ってもらうぞ」

奈緒美より先に、青年の欲望が限界を迎えたらしい。

「あんっ……んんんっ」

ズブッ……ズズズズッ。

長細い肉棒が、濡れた蜜口に突き刺さった。

「ほおおっ」

奥に当たり、子宮口からの快感に声をあげたとき、また別種の快感が奈緒美に襲いかかった。

ブブブブブ……！

「ひっ……あうっ、な、なんですか、これは……あああんっ」

結合したペニスの下――ちょうど女芯のところに、イボの浮いた何かが当たり、しきりに振動している。

「鬼怒川先生から贈られた、ペニスバイブだ。クリトリスに当たってたまらないくなるだろ？」

男性がグイグイと腰を密着させると、クリトリスに振動が送られる。

「はうっ……くうっ……」

床の上に、奈緒美の愛液が滴った。縄、言葉責め、男根、そしてクリトリスへの道具責め――快楽に次ぐ快楽で、頭が朦朧《もうろう》とする。

つなぎ目からは、白濁した愛液が、トロトロとこぼれていた。

「ああ、いい締まりだ……」

若い男性は、髪を持ったまま腰を打ちつけてくる。

そのたびに、首輪についた金具がチリチリ鳴った。

抜き挿しのたびに散った熱い飛沫が太股に当たる。

「み、見ないで……」

奈緒美は長いまつげを伏せ、河合に告げる。

(このおかしな世界の中で、まともでいるなら……見られるつらさもわかるは

ず)

ガラスに張りつくようにして見ていた鬼怒川が、手もとにあったボタンを押した。すると、鬼怒川の前にあったマジックミラーが下りた。

「たまらんな……愛液の匂いがプンプンしとる」

鬼怒川が鼻をヒクつかせた。

「河合、いい匂いだろう」

鬼怒川が声をかけた。

河合は奈緒美と目を合わせたまま固まっている。

「河合、どうした」

鬼怒川に促され、河合の金縛りが解けた。

「いい匂いです」

主人の言葉を復唱するのが習わしなのだろう。

だが、そう言った河合は、眉を一瞬だけ苦しげにひそめた。

(やはりこの人は、ここにいる誰よりもまともなんだわ……)

だから、鬼怒川に促されてもすぐに言葉が出なかったのだ。自分と同じ気持ちの持ち主がいることに安堵するとともに——ドッと羞恥心が押しよせる。

河合がまともだからこそ——奈緒美がしていることの異常さを強く感じる。

「鬼怒川先生に見られるのが、そんなにいいのか。また締めやがって」

若い男が奈緒美の髪をつかんだまま、激しく腰を打ちつけてくる。

尻と腰がぶつかる音、それとともに放たれる愛液の音がはじける。

「あんっ、んっ、あんっ、あんっ」

羞恥を覚えた体はさらに燃えあがった。肉棒が抜き挿しされるたび、官能の果てに奈緒美を追いつめていく。

ギリ……キリ……。

肌に食いこむ縄が汗を吸い、なまめかしい音を立てる。

「おお、縄化粧をされて、若い男に責められて……女の顔になりなさったな。いい淫乱女の顔になっておるよ」

鬼怒川がそう言った。

「先生……わ、私は……淫乱では……」

「淫乱じゃなかったら、なんなんだ。食いちぎる勢いで締めやがって」

男が打擲しながら、ペニスで子宮口を連打する。

小気味よい肉鼓の音が鏡の間に響いた。床の上は、奈緒美がこぼした愛液で濡れている。

「んっ……あああんっ……つらいのっ、ああ、ああっ」

奴隷のように縄打たれ、髪をつかまれ、のけぞったまま貫かれているのに、子宮は官能で蕩けそうなほど燃えている。

己の理解を超えた体の反応に、奈緒美は戸惑いながら欲望を受けつづけた。

瞼をあげれば、河合と目が合う。

奈緒美は顔をそらした。

「鬼怒川先生から目をそらすなよ。ほら、イクところをよく見てもらうんだ」

男が背後から奈緒美の顎を押さえる。

片手では肢体に走る縄を引き、乳首や女芯に刺激を与えてくる。

そうしながら、射精前のラッシュを繰り出してきた。

男の欲望で白臀は波打ち、卑猥な水音を放つ。

「いやっ、ああ、ダメッダメッ……ああ、あああああっ」

奈緒美は口の端から涎を垂らしながら、ガクンとのけぞる。

「うぉっ、もうもたないっ……奴隷らしく、オマ×コで全部飲みほせっ」

男が縄を引きながら叫ぶ。

「は、はい、ご主人様ぁ……」

奈緒美がそう叫ぶと、男は内奥にドクドクと牡《おす》のマグマを注ぎこんだ。

快感を処理しきれず、奈緒美の視界が暗くなる。

目玉がうしろにまわる前——最後に奈緒美が見たのは、奈緒美を悲しげに見下ろす河合の姿だった。

第四幕　花びら合わせ

1

「いい気にならないでよね、鬼怒川先生のお気に入りだからって」

腰を真紅のコルセットで締め、そろいの色のガーターベルトに網タイツ姿の蘭が、奈緒美の前で仁王立ちしていた。

蘭は片手にバラ鞭《むち》を持っている。

コルセットの上から出ている乳房は大きく、Gカップはあるだろうか。乳首の色の淡さ、肌の艶から匂い立つような若さが感じられた。

「なってません……私は……ただ言われるまま出ているだけです」

切りそろえた前髪の下にある、猫を思わせる蘭の瞳がヒクついた。

蘭が前屈みになると、背中までの長い黒髪が垂れて、奈緒美の胸もとに当たってくすぐったい。

「そういうおとなしそうな態度が男をそそるって、わかってやってるのよね」

化粧は濃いが、顔立ちに幼さが残るだけに、この淫らな衣装や言葉にギャップがあり、そぐわない感じがする。

しかし、衣装と化粧のせいか、蘭はスポットライトを浴びると映えた。

「蘭ちゃんったら、妬《や》いているのね」

大きな羽根扇子で口もとを隠した婦人が呟くのが聞こえた。

今日、奈緒美が宗森に連れられて来たのは、いつもの鏡の間ではなかった。

部屋の中央に円形のベッドがあり、その周囲にぐるりとマットが敷かれたボックス席が囲んでいる部屋だ。

奈緒美は今日も上半身を緊縛され、怯えた様子でマットの中央に座らされている。衣装は赤い襦袢《じゅばん》で、髪はヘアスタイリストが整えた和髪だ。

飾りとして、鬼怒川の持っている鼈甲《べっこう》のかんざしをつけられていた。

ショーへの期待で、客席の空気が熱い。

「あんた、何か言ったらどうなの」

奈緒美の太股を、蘭のバラ鞭が打った。

「あうっ……」

人妻の白い喉が震え、あえかなる声が漏れる。

パシッという鋭い音が部屋に響くと、観客からため息が聞こえた。

鏡の間よりも観客と距離が近いので、視線が強く感じられる。

(みなさん、私に何を期待しているの……)

欲望に満ちた視線を受けながら、奈緒美は身を震わせた。

前回のショーから十日ほどたっていた。尻に残った打擲の痕が消えたころに鬼怒川から呼び出しがあった。

そして、いつもどおりショーの前には宗森の調教があったのだが——今日はいつになく熱が入っていた。

「縛られたら化けたな、あんた……見こみ以上の女だ」

宗森は緊縛したあと、奈緒美の二穴を指で散々なぶった。

ショーの前に疲れさせない程度にいつもは調教するのだが、今日は奈緒美が二度三度達しても、蛇の刺青が入った指で弄びつづけた。

「違いますっ。お、夫のためです……あんっ、ああっ……」

三回目のショーは好評だったらしい。そのうえ、前回は客と交わったことで、さらに三百万うわのせされた。

（ようやく、予定が立った……）

純次郎の手術をする病院に、前金を入れられたところ――渡航の目処《めど》が立った。いままでは返答をはぐらかされていた。しかし、現金なもので入金されたとたん、先方から日本でどう準備するかや渡航後のスケジュールの指示が送られてきたのだ。医療といえど、立派なビジネスなのだと奈緒美は痛感した。

（でも、もう少しでこの辱めも終わるんだわ……）

そう思っていたのだが――ショーに出れば出るほど、奈緒美に執着する者が増えているような気がしていた。

宗森もだ。

今日の宗森は奈緒美にキスをしながら、セックスでもするように腰を動かしていた。奈緒美との本番を禁じられているのが、我慢ならない様子だった。

「俺はショーの女と交わるのは禁じられてるんだ。女が俺から離れられなくなって、ショーが台なしになるからよ」

本当か嘘かわからないが、宗森はそう言っていたことがある。

宗森は禁を破ってでも奈緒美と交わりたい様子だったが――調教室にも監視カメラがあるので、交われば鬼怒川の怒りを買うのだろう。

だから、指で何度もイカせて欲望を満たしているようだった。

そのせいで、奈緒美は疲労困憊《ひろうこんぱい》していた。

「チ×ポがないから、あたしがイカせられないと思ってる？　大丈夫よ。あたしは、女の人でもしっかりよがり泣かせられるんだから」

蘭が朱色のリップが塗られた唇の端をあげた。

（この方はまだ二十歳そこそこなのに……）

宗森から、鬼怒川の経営する裏カジノで借金を作った富裕層の男女がショーの出演者になることもあると聞かされていた。蘭もその一人なのだろう。

奈緒美は夫のためにいやいや出ているが、蘭にそういったそぶりはない。

「鞭で打たれたら、濡れてるじゃない……すごいマゾっぷりね」

蘭が赤いバラ鞭で、奈緒美の女唇を撫でた。

濡れた音とともに、鞭に透明な雫がついている。

「ああんっ……」

股間から這いあがる甘い痺れに、奈緒美は声をあげた。

「物欲しそうにアソコから涎まで垂らしちゃって……今日は誰がここでトップなのか、たっぷり思い知らせてあげる」

蘭が奈緒美の髪をつかんで上に向かせると、美貌を近づけてきた。

（女の人と……）

そう言った関係があることは知っていても、奈緒美の性的な嗜好とは違う。だから、かかわりのないことだと思っていたのだが――。

蘭の柔らかい唇が重なり、小さな舌が口内に入ってきた。

「ん……あんっ……」

衣装やメイクでは嗜虐的な雰囲気を放っていた蘭だが、いざ愛撫となると、細やかだった。キスも、真珠郎たちや前回の男たちとは違い、勢いだけで蹂躙するようなものではなく、女の官能のツボを抑えたものだ。

「んふっ……ちゅっ……ちゅぱっ……れろれろ……くちゅっ」

舌をからませながら、唾液の交換をする。蘭の唾液を甘く感じていた。

（おかしいわ……流されてしまう……）

巧みさか、同性同士の心やすさかわからないが、奈緒美はコクコクと唾液を嚥下していた。

「マゾのうえに、こっちの気もあったのね……あんたのこと好きじゃなかったけど……体の相性は最高そう」

蘭がクスッと笑う。

笑顔は美しかったが、それを見た奈緒美のみぞおちはキュッと冷えた。

「女性とはしたことがないから、わかりません……」

奈緒美がそう答えると、蘭の笑みが大きくなる。

「アナルだって、サンドイッチだって、素人相手だって全部やって感じてたじゃない。あんたはどんなことをされても感じるドスケベだから大丈夫よ。その証拠に……」

蘭が鞭を振るう。

「ひうっ」

むき出しになった奈緒美の太股に、朱色の鞭痕がついた。

すると、合わせた内股に、ジュワッと愛液があふれる。

「軽く打たれて、また感じてる」

蘭が赤襦袢の裾を開いて、濡れた内股をのぞきこむ。

「見ないで……」

「あんたの見ないでは、見て、でしょう」

蘭が目配せすると、真珠郎たちが現れて、足首に縄を打ち、左右に引いた。

「ああうっ……」

潤んだ秘花が満開になる。

客席が沸いた。蘭が奈緒美の股間を見て、生唾を飲みこむ。

「みんなが夢中になるオマ×コなだけあるわ……きれいで、いやらしい……あたしのだって、いいオマ×コよ。見て」

蘭が奈緒美の前でマットに腰をついて、陰唇を左右に開いた。

「あっ……」

奈緒美は声をあげた。

蘭のクリトリスの真上に、直径五ミリほどの銀色の珠がついていた。

「クリピアス……見るのは初めて?」

蘭が挑発的に言う。

女性器のあたりは神経が集中しているので、そんなものをつけたらどれほどの痛みに苦しむかわからない。奈緒美は、それを想像して総毛立った。

「痛いのは最初だけ……これを使うと、あたしも気持ちいいし……クリにこれを押しつけられた相手も狂うの。それを見るのは最高の気分よ」

蘭が奈緒美の右太股を己の太股で挟んだ。そして、股間を見せつけるようにして、奈緒美の秘所へと己の秘所を近づけてくる。

「いや……怖いですっ……蘭さん、おやめになって……」

奈緒美は豊乳を挟むようにして緊縛された上半身をうねらせて、はかない抵抗をする。すると、奈緒美の乳房が揺れ、和髪が乱れる。

観客がどよめいた。

(この方たちは、私のどんな姿でも興奮するのね……)

立場が違えば、こうも残酷になれるのかと奈緒美は観客たちを恐ろしく思う。となれば、顧客たちの残虐性を見抜いて、それを満たすビジネスを生み出した鬼怒川こそ本物の怪物なのかもしれない。

その鬼怒川は、舞台の真横で日本酒を啜りながら奈緒美の様子を舐めるように見つめている。隣には、いつものように河合がいた。

(見られたくないっ)

目を閉じて、河合の視線も、己の秘所に近づくピアスつきの陰唇も見ないようにしたい。しかし、見なければ快感が増幅し、河合の前であられもない声をあげてしまいそうだ。だから、奈緒美は薄目を開いていた。

(触れ合う……触れ合っちゃう……あんっ)

冷たいと思っていた金属製のピアスは、蘭の興奮のためか、体温と同じぬくもりを持っていた。それが、とがりはじめた女芯に当たる。

グイッと、ガーターベルトに包まれた若腰を蘭が突き出した。

「ダメ、いやよ……あ、ああんっ、くふうんっ」

ヌチャ……ふたつの陰唇がキスをして、湿った音を立てる。

女芯がクリピアスでくすぐられ、奈緒美は鼻から甘い息を漏らした。

「いいお味の淫乱マ×コだわ……グチョグチョで熱い」

そう言うやいなや、蘭は腰を上下させはじめた。

「そんな、淫乱じゃ……あっ、あ……あうっ……」

緊縛され、両足を開かされたままの奈緒美は逃げようもなく、新たな愛撫を受けていた。ピアスつきのクリトリスが、奈緒美の女芯に刺激を与えてくる。

（はぁっ……あんっ……すごい……硬さが……たまらない）

未知の快感を味わうたびに、体が変容していく。アナルセックス、強引なサンドイッチファック、サディストたちの責め……。

それを受けていやがりながらも、奈緒美の体は快感に開花していた。

「腰が揺れてるわよ。どうしようもないド淫乱ね、あんたは」

蘭が秘所をこすりつけながら、奈緒美に囁く。

「蘭さん、おやめになって……私、こんなの無理です」

「女とするのが恥ずかしいの？　オマ×コとお尻で精液をたくさん浴びた牝奴隷なのに？」

蘭の言葉が、奈緒美の胸を抉《えぐ》った。

そのとおりなのだ——三回のショーで、己がいかに浅ましく感じたか、忘れることができない。

「それは……だって……私は……」

「どんな言い訳しても無駄よ。あんたはとんでもないド淫乱で、どこでも、どんな相手とでもやれば発情する牝犬なのよ」

蘭がそう言って、腰の上下動を速める。

ジュ……チュ……チュ、チュ……。

合わさったふたつの姫貝から、ぬめりを帯びた音が立った。

「ほら、この音、この匂い……あんたのオマ×コのものだよ」

蘭に言われて、奈緒美は耳を染めた。

恥ずかしくなればなるほど、心とは裏腹に秘所は感度をあげて、蜜をあふれさせる。気づけば、蜜汁は白濁していた。

「やだ、もう本気汁まみれ。恥ずかしくないの」

蘭に見下げはてた様子で言われて、奈緒美は蒼白になった。

しかし、蘭の巧みな腰づかい、ピアスつきの陰唇が与える快感に、声も愛液も、心の昂《たかぶ》りも止めることができない。

「牝犬みたいに腰振って、ほら、イキそうなんでしょ」

蘭も、声がうわずっていた。奈緒美が感じるということは——姫貝を合わせている蘭もまた感じているのか、太股が本気汁で濡れている。

「い、イキません……感じてません……」

奈緒美は頭を振って、蘭の言葉に抗った。

イク、と言うのは愛する夫の腕の中だけ——それが奈緒美に残された最後のよりどころだ。

「我慢強いのね……だからこそ、そんなあんたを突き崩したくなる」

蘭が口の端をあげて、上下動のピッチをあげる。

「ほう、ほおおおっ……」

和髪が乱れ、鬢のあたりにほつれ髪が落ちる。

浮いた汗が、頬を伝って唇に入った。己の汗を味わいながら、奈緒美は蘭の動きに合わせて昇りつめていく。

「たまんない……もっと悶えなさいよ」

味わっているはずの快楽を表に出さない姿が蘭をかきたてるのか、蘭は己の乳房を揉みしだきながら、さらにピッチをあげてくる。

「いやっ、いやっ……」

奈緒美が悶えながらも頭を振ると、背後から乳房をつかむ手があった。

「えっ……」

振り向くと、真珠郎がいた。

「蘭さん、お手伝いにあがりました」

「真珠郎、いいところに来たじゃない。一緒におかしくさせちゃお」

蘭がそう言うと、真珠郎がうなずいた。

クリピアスで女芯をくすぐられながらの乳首への愛撫に、奈緒美は絶え間なくため息をついた。

「ああ、ああっ、ダメ、蘭さん、おやめになって……ああ、ああっ」

真珠郎は、縄の下にある襦袢を左右にくつろげると、乳頭をむき出しにした。

そして、快感で硬くなった奈緒美の乳頭を、音を立てて吸った。

「おほっ……おおおっ……」

奈緒美がのけぞり、悦楽の階《きざはし》を駆けあがる。

蘭は、その機を見逃さず、蜜が飛び散るほど強く速く腰を動かしてくる。

奈緒美の中で、快楽が膨れあがり——はじけた。

「あ、あんん……んんんんっ……」

唇をかみしめ、肢体を震わせる。

ビシュ、ビシュッ……！

音を立てて、奈緒美の蜜口から潮が噴き出た。

蘭は、その飛沫を顔に浴びながら、満足げに笑い声をあげた。

2

「聞いてないぜ、俺は」

右足を引きずりながら、宗森が河合に近づいてきた。

河合は宗森に呼び出され、会場の外の廊下にいた。

昔、極道者だった宗森は女で商売していたらしい。が、好色ゆえに組長の娘に手を出した結果、半殺しの目に遭い、右足が不自由になったと聞いた。鬼怒川に拾われるまでは風俗店で新人教育に当たって日銭を稼いでいたという。

「ショーの中身が極秘なのは、宗森さんもご存じでしょう」

「真珠郎をまた出すとはどういうことだ」

宗森が凄《すご》む。

その態度を見ながら、河合はこの男が奈緒美に相当執着しているらしいと気がついた。

「蘭さんのご要望に、鬼怒川先生が応《こた》えられたのかと思います」

河合も、ショーの中身は知らされていないので、こう答えるしかなかった。

「俺がダメで、真珠郎はいいのかよ。あいつだけ何回も抱きやがって」

吐き捨てるように、宗森が言う。

「鬼怒川先生のお決めになったことですから」

そう言って、河合は鬼怒川のもとへと向かった。

宗森は自分も奈緒美と交わりたいのだろう——だから、真珠郎の登場が許せないのだ。足を速めながら、河合は自分の中にも似たような感情があることを否定できないでいた。

「はぁ……あああんっ……」

奈緒美の和髪はさらに乱れていた。

頬にかかった鬢のほつれ髪が、頭が動くたびに、なまめかしく揺れている。

「貝合わせでもいい顔になっていたけど、今度のも相当感じてるみたいね」

蘭が余裕たっぷりの態度で腰を振りながら話しかける。

「こんなのっ、あうっううう……」

奈緒美と蘭は、双頭ディルドでつながっていた。

それも、普通の太さではない——直径五センチはあろうかという極太のものだ。それで、女同士つながり、結合を深めるたびに陰核まで擦られる。

初めて味わうこの愉悦に、奈緒美は陶然としていた。

(見世物になって、しかも女性としながら、こんなあられもなく感じてしまう自分が怖い……体はどうして言うことを聞いてくれないの……)

背後からは、真珠郎が乳首をいじっている。そのタッチが絶妙で、乳房からも性感が這いあがっていた。

グンッ！

蘭がディルドを突き出すと、子宮口が押しあげられる。

「うぁんっ……は、はぁんっ……」

奈緒美は、四肢を震わせた。

「また自分だけイッてる……あんたには奉仕の心が足りないのよ……その辺を真珠郎とあたしが教えてあげる」

蘭が、腰を突き出すテンポをあげてきた。

まるで、男根で犯されているような気分になる。男根と違うのは、根元まで呑みこんだときに、お互いの陰核が擦れ、互いに愉悦を味わうところだろう。

「ふんっ。あんたがイキ狂っても、今日はやめないからね……」

幼さの残る顔に浮かぶ、嗜虐的な笑み。しかし、蘭もまた、奈緒美を犯すことで感じているらしく、内股が照り光り、網タイツを止めている太股のベルトが愛液で湿っていた。

「蘭さん、俺も好きにしていいのかい」

「好きにしていいよ。鬼怒川先生もオーケー出してるから」

「じゃあ、俺は尻で愉しむぜ。その前に、きれいにしてもらおうか」

立ちあがった真珠郎が、奈緒美の頭をつかんで男根を近づける。

「お口もなんて……無理……はむっ」

言いかけた奈緒美の口に、真珠郎のパールつきペニスが入れられた。

「ほぐ……む……」

太く武骨な肉棒を味わう奈緒美の顎を、涎が垂れていく。

「舐めて奉仕しなさいよ。真珠郎もあたしも、あんたの先輩なんだから」

蘭がフェラチオをする奈緒美の横顔に突き刺すような視線を向けながら、言い放った。

「サンドイッチファックをしてもまだ初心さが消えねえ。いい女だ」

真珠郎の瞳が情欲に燃えていた。

欲望に狂いつつある真珠郎は、男根をぐいぐい喉奥に押しつけてくる。

奈緒美は呼吸を奪われ、襦袢から出た乳房を上下させた。

「ほ、おやめに……むふううっ……ふうっ」

奈緒美は息苦しさにさいなまれながら、真珠郎に訴える。

「今日は蘭と一緒にあんたを愛してやる。うれしいだろ？」

真珠郎が、蘭の動きに合わせてペニスを抜き挿しさせた。

蘭は女性だが、奈緒美は、二人の男に責められているような気分になる。

だが、視界に入るのは蘭と真珠郎なのだ。

体が覚える快感と、視界に入るものが一致しないことに目眩を覚えていた。

（ショーのたびに、異常なことばかり体験する……普通じゃないから、お金になるとしても……こんなにも知らない性の世界があったなんて……）

女性とパール入りペニスの男に責められながら、男たちに弄ばれるときとは違う興奮を奈緒美は味わっていた。

子宮が熱くなり、感度があがっていく。

（蘭さんの動きがいいっ……）

奈緒美よりも長くショーで濃密な性の世界を知っている蘭は、熟練すら感じさせる腰づかいで熟女を責めてくる。

「むうう……ううっ。うううっ……」

抑えが利かなくなり、ペニスを咥えた口から漏れ出る声の音があがる。

「イキそうかい。舌づかいがすごいぜ」

真珠郎がうっとりした様子で、奈緒美の汗にまみれた額をつかむと——腰を性交時のように突き出してきた。

「むんっ、んっ、はんっ、んっ」

ジュボ、ボッ……ジュボッ……。

あられもない音を出しながら、奈緒美は口を犯されていた。

蜜口では、蘭が抜き挿しだけでなく、腰をグラインドさせ、奈緒美のGスポットを刺激している。

「ひぃ……いい……」

汗が止まらない。愛液もまた、マットレスをぐっしょり濡らすほどあふれている。奈緒美は縄打たれた腕をくねらせ、自由にならぬながらも、どうにか愉悦を逃がそうとする。

「女に犯されるってどんな気分」

蘭に聞かれても、奈緒美に答える余裕はない。

ヌッチョ、グッチョ、ヌッチョ……。

敏感になった子宮へのディルド連打、真珠郎のイラマチオ——倒錯した状況に酔う奈緒美は、愉悦地獄へと堕ちていく。

「ほう、うっ……ほおおおっ」

蘭が奈緒美のクリトリスをバラ鞭でつついた。

イソギンチャクのように枝分かれした鞭で、敏感な内股をくまなく刺激されて、奈緒美は快楽を極めてしまう。

「くううっ……ひゃうっっっ」

足の親指でマットレスをかく。四肢を貫く強烈な愉悦に、耐えられなかった。

ジュワッ……。

愛液ではないものが、マットレスにひろがっていく。

感じすぎて、小水をこぼしてしまったのだ。

(最初に抱かれたとき以来だわ……ああ、なんて恥ずかしい……)

胸もとまで羞恥で赤く染めた奈緒美の口内で、ペニスが膨らんだ。

口を絞ったのが性感につながったらしく、真珠郎も射精寸前のようだ。

「オラオラッ！」

真珠郎が勢いよく腰を繰り出す。

ズンズンズン……！

喉が苦しい。息ができない。

「いいかい、一滴も口から出さずに飲むんだぞ……」

真珠郎が奈緒美の髪をつかんで囁いた。

奈緒美は、目でうなずくよりほかない。

「おお、おおおっっ出すぞっ」

真珠郎は、観客に聞こえるように叫ぶと——奈緒美の口内に牡の烙印《らくいん》を大量に放った。

「あんただけ飲むなんてズルい」

身を起こした蘭が、奈緒美に口づけた。

「むっ……ジュルルルッ……」

蘭が唇を重ねて、真珠郎の樹液を啜る。

「おいしい……あんたの唾液と真珠郎のお汁が混ざって、いい味になってる」

二人の唇を、樹液の橋がつなぐ。

「次は真珠郎にアヌスを犯されながら、あたしにオマ×コを責められるプレイよ。愉しみでしょ」

蘭はそう言ってから、奈緒美の耳に口を寄せてこう囁いた。

「イキ狂わせて、あんたが意固地になって言わないイクって言葉、言わせてやるから……覚悟しな」

蘭の目は、敵意に満ちている。

ディルドを引き抜いた蘭が、舞台の袖に消えた。

何か新たな道具を準備するつもりなのだろう。

「蘭の準備ができるまで、俺としようぜ」

真珠郎の肉幹には青スジが浮き、真珠と相まって異様さが増している。

「尻でするならローションがいるが……あんたの愛液で尻の穴がヌルヌルだ。ローションいらずじゃねえか」

真珠郎が大声で言うと、会場から「ほお」という声が漏れた。

「違います。そんなに濡れてませ……おおおっ」

ヌチュ……。

肛道内に指が入って、抜き挿しをしていた。

「指が二本楽勝で入るくらい、欲しがってるじゃねえか……俺のをあんたのアヌスにぶちこむぜ、いいだろ」

真珠郎は確認しているふうを装っているが、奈緒美の意見など聞いていなかった。指はすでに引き抜かれ、口淫で濡れ光るペニスを奈緒美の肛穴に押しあてている。

「ケツでするときは、お客に見せるようにするのがここのやり方だ」

真珠郎が、奈緒美をうつ伏せにして、顔と尻をあげさせた。

「あっ……いやあっ……」

思わず顔を背けたのには訳がある。

鬼怒川の顔が目の前にあった。そして、その隣に河合もいる。

それだけでも恐慌を来すには十分だったのに、鬼怒川の肩越しに見える景色は言葉にならぬほど異様だった。

蘭と奈緒美、真珠郎のショーで興奮した客たちが、客席で乱交していたのだ。

そして、バックから貫かれる淑女も、貫く男も、座位で乱れる二人も、すべての客が奈緒美を見ながらまぐわっている。

「おかしいわ、こんなふうになるなんて……」

「鬼怒川先生が提供してるのは、欲望を自由にできる場所だけだ。こんなふうになるのは……あんたみたいなド淫乱女がステージでお客を興奮させたからだよ。ぜーんぶ、おまえさんのせいだ」

真珠郎に狂態の原因は自分にあると言われ、奈緒美は胸をつかれた。

それは違うと言いたいが――前回のショーのときも、会場には一種異様な熱狂が巻き起こっていた。

（私が淫らだから……みなさんが盛りあがるの……）

愕然としながら、あたりを見まわす。

客たちが狂宴に浸るなか、奈緒美の真正面にいる鬼怒川はニヤついているだけだ。盃《さかずき》を出して、河合に酒を注いでもらっている。

料亭で酒を穏やかに飲んでいる風情だが――この空間では浮いていた。

しかし、浮いていても、鬼怒川も河合も我関せず、といった風情だ。

（みなさんを……私を狂わせて平気だなんて……）

まともでないのはどちらなのか——奈緒美にもわからなくなる。

すると、奈緒美の尻が打擲された。

「ひ、ひいっ」

双臀が赤く腫《は》れるほど強く打たったあと、打擲がやんだ。

「あんたはこっちに集中しな」

真珠郎の声が怒気をはらんでいた。

アヌスから指が抜かれ、肉茎が押しあてられる。

「みなさんの間近で……お尻でするなんて、恥ずかしい……やめて……」

「さっきはディルドでイキまくったのに、いまさらだぜ、奥さん」

真珠郎がそう言いながら、奈緒美のとがった乳首に爪を立てる。

「うっ……ひいいいっ……」

くぐもったよがり声があがる。そこに、快感の甘さが混じっていた。

(鬼怒川先生たちに、こんな声を聞かれるのは……)

悔しいし、恥ずかしい。奈緒美はせつなげに目を細め、唇をかんだ。

鬼怒川は、奈緒美に、ねばつく視線を送りながら、盃を飲みほした。

そして、河合に盃を突き出して、注いでもらっている。

「真珠郎や……思いっきりやりなさい」

鬼怒川が言った。

「はい、先生。では、遠慮なくやりますぜ」

真珠郎が答えた。そして奈緒美の尻に、隆々とした亀頭を押しあてて、アヌスに挿入した。

ヌプ……ヌププププッ……！

恥ずかしい音を立てながら、うしろ穴にペニスが呑みこまれていく。

「ほおおおっ……おおおっ」

奈緒美は、堪えきれず叫んだ。

真珠郎の味は知っている。慣れはじめているからこそ快感が深くなるのが怖い。恐れが官能を高めたのか――真珠郎の勢いある突きに、体は燃えあがった。

「おお、いい締まりだっ」

真珠郎がテンポよく律動を繰り出しながら、奈緒美の尻をたたく。

「はううっ、あんっ……」

相貌から、汗が垂れる。痛みのせいもあるのだが、それよりも真珠郎の巧みなピストンが奈緒美を苦しめていた。

「いい尻だ。何度抱いてもたまんねえ」

真珠郎がうっとりと言う。奈緒美はと言えば、ヒイヒイと呻くのみ。

真珠郎は奈緒美がどこで感じるか知りつくしているらしく、ツボをついた抜き挿しをする。

「俺が犯した男や女の中でも、極上の体だ」

おぞましさにすすり泣いた。

(なんていやらしいことを言うの……ああ……)

ショーの奴隷として、堕ちていくのは自覚していたが、言葉でなぶられると、体だけでなく、心が痛む。体の痛みはショーのあとに癒《い》えても、心の痛みや憂いは日を追うごとにひどくなっていた。

「口で出したばかりだってのに、ケツでも出しちまいそうだ。先生、すいません。このケツがすごすぎて、俺ももたねえ……」

尻でピストンを送りながら、真珠郎が鬼怒川に声をかける。

鬼怒川は、満足げにうなずいただけだった。

「やめて……そんな言い方しないで……」

何か言えば、鬼怒川を激昂《げっこう》させるとわかっていても――奈緒美の口からそう、ついて出た。

「どんな言い方なら満足かね、奈緒美さんや」

鬼怒川の眉がヒクッと動いたのが、奈緒美の目の端に入った。

「恥ずかしい言い方をされたら、私……」

自分は誰のために反駁《はんばく》しているのだろう――奈緒美はわからない。

誰に聞かれたくなくて――。

奈緒美は己の心がわからぬまま、真珠郎の欲望を尻で受け止めつづける。

「あんたは、恥ずかしいことしてるから金をもらえるのだよ。だがな、恥ずかしいと言いながら、とんでもなくいやらしい顔をしているように見えるが」

鬼怒川にそう言われて、奈緒美は絶句した。

実際、額の汗は恥辱のものから、アヌスから這いあがる愉悦の汗に変わっている。体は恥すらも快楽ととらえはじめていたのだ。

「ほら、いまも先生に言われたとたん、尻の締まりがよくなった」

「くううっ……真珠郎さんが、お上手だからですわ……」

「褒めるのが上手だが……俺のせいにしたいのかい？　自分が淫乱だってのを棚あげするのはダメだ」

真珠郎が結合を深くしたまま、腰をグラインドさせた。肛道内でペニスの切っ先が動いて、薄肉越しにGスポットが刺激させる。

「うあん……おおっ」

舞台に顔を押しあて、奈緒美は呻いた。口のまわりには涎が池を作り、光り輝いている。

「ほら、鬼怒川先生に見えるように、尻の穴でイッてみな。オラオラッ」

真珠郎がラッシュをかけてくる。

律動を受けて、白臀から汗と愛液が飛び散った。

「はうっ、ううっ、もう、許してっ」

奈緒美は縄打たれた腕を、キリキリ鳴らしながら身もだえる。

肛道は愉悦で油を注がれたように、ぬめり、火が放たれたように愉悦で燃えあがった。

「許してって言うってことは、イキそうなんだろ」

パンパンパンッ！

抜き挿しのテンポがあがり、奈緒美を限界まで誘う。

パール入りのペニスが肛道で暴れまわる。

「もう、もう無理ですっ……あああんっ」

奈緒美は、ピストンの途中で達してしまった。

「おおっ、ケツが締まるっ。イクぜっ」

ドクンッ！　ドクドクッ！

大量の精汁が、熟女の肛道に注がれた。

奈緒美は、肩で息をしながら目を閉じた。そこに涙がにじむ。

観客と鬼怒川、そして河合の視線に耐えられなかったのだ。

「もうそろそろ、蘭も来る。二穴でまた泣かせてやるぜ」

真珠郎が奈緒美の乳頭をつまみながら、そう囁いた。

「これ以上はよして……お願いします……」

奈緒美は、肩で息をしながら呟いた。

すると、客席がざわつく。

「蘭の準備ができたみてえだな」

そう言って、舞台袖の方を見た真珠郎が動きを止めた。

様子がおかしい。鬼怒川も、怪訝《けげん》な顔でその視線を追っている。

愉悦に悶えながらも、奈緒美もノロノロと顔をあげて、舞台袖を見た。

そこには、蘭の秘所に男根を突き刺し、仁王立ちになっている宗森がいた。

3

「蘭、演出を変えたのかい？」

真珠郎が聞くと、蘭は喘ぎ声で返した。

宗森は、駅弁と呼ばれる体位——女と正常位で交わったまま立ちあがった体位——をとりながら歩いていた。

歩くたびに、蘭が悶え、花道にポタポタと愛液が滴る。

「今日は俺とおまえで二本挿しだ。蘭が使い物にならねえからな」

先ほどまでサディスティックにふるまっていた蘭が、宗森の律動を受けながら、長い髪を左右に振って悶えている。

「ふうん。蘭に聞いていたのとは違うけど……ま、いっか」

宗森は、蘭を奈緒美の隣に横たえて、正常位で交わりはじめた。

奈緒美への律動も再開され、蘭と奈緒美は二人並んで喘ぎ声をあげる。

「あん、んっ、すごいっ……こんなの……あぁっ」

蘭がGカップのバストを上下に揺らしながら、宗森の腰づかいに喘ぎ声をあげる。女王のような雰囲気はかき消え、ただひたすら悶えていた。

奈緒美も宗森に愛撫されるうちに、快感に目覚めた。

女体開眼師の指愛撫で何度イッたかわからないのに——そのペニスで貫かれたらどうなるか、想像するのも恐ろしい。

鬼怒川が盃を置いて、舞台に顔を近づける。

「宗森、わかっておるんだろうな」

「ああ。俺ぁ、天国味わってから地獄に行くなら本望だよ」

「じゃあ、好きにやれ」

宗森が蘭に向けて、ラッシュを放った。

パンパンパンッ！

部屋中に響くほどの強い律動に、蘭が狂乱の体で悶える。

「すごいっ。こんなセックス初めてっ、ああ、イクイクイクッ」

宗森の律動に、蘭が耐えられぬ、といったふうに頭を振った。

客席は、舞台の異様な盛りあがりに、シン……となって見入っている。

「俺もアクセルかけるか……」

真珠郎が律動を再開させる。Ｇスポットを肛道越しに刺激する性技を食らい、奈緒美の息も絶えだえだ。あられもなく垂れた涎が顎を濡らしている。それを目の前にいる鬼怒川と河合に見られていると思うと、羞恥のあまり、この体が消えてくれないかと願わずにはいられない。

しかし――。

「くうっ、あ、あんっ……お尻が……いい……」

奈緒美は、そう言葉を紡いでいた。アヌスでここまで感じるのは初めてだ。

真珠郎のテクニックもあるのだが——河合に見られていること、それが羞恥の炎をあおり、奈緒美をさらに感じさせていた。

「いいぜ、俺もいい……すごい締まりで俺もイクッ」

ズンズンズリュヌリュッ！

ローションがわりの愛液が立てる淫らな音が、舞台の周囲に響く。

奈緒美の凄艶な姿を見た観客たちは、奈緒美とともに達するためにか、みな動きが速くなる。

「お尻が、熱くて……とけちゃう……っ」

悩ましげに眉をひそめ、奈緒美が叫ぶ。

その隣で、宗森に貫かれていた蘭もまた、声をあげた。

「宗森さん、すごいっ。オチ×ポが生きてるみたいに動いて、ああ、あたし、もう、い、イクウウウウッ！」

蘭が大きくのけぞり、動きを止める。

チョロ……ジョジョジョ……！

宗森がペニスを引き抜くと、大の字になった蘭の股間から小水がブシュウッと音を立てほとばしった。

「真珠郎、俺が下で二本挿しするぜ」

宗森のペニスを見て、奈緒美は驚いた。

いままで相手をした男性は巨根や、それに近いサイズの持ち主だが——宗森のものはサイズもエラの張り方も標準的なサイズだ。

「ふうん。おまえさんもこの女が欲しくなったのか」

「わかるだろ。この女は極上だ」

真珠郎と宗森の会話を聞きながら、奈緒美は顔を振った。

「いや、いや……」

こんなにも観客の近くで二人からされるなんて——。

鬼怒川は宗森の登場に興奮した様子で目がぎらついているが、隣にいる河合にその色はない。だからこそ、あられもなく二本挿しされるのが恥ずかしくてたまらなかった。

「奥さん、あんたと本番するのは初めてだよなぁ」

宗森がにやっと笑った。禽獣《きんじゅう》の爪が、心臓に食いこんだかのような恐怖を奈緒美は覚えた。

「狂わせないで……もう十分狂いましたから……お願いです……」

奈緒美はふるふると首を振る。

「狂わせたのは俺じゃねえ、あんただろ」

宗森の言っている意味がわからず、奈緒美は一瞬動きを止めた。

言葉の意味を吟味する時間はなかった。

「いくぜ、宗森」

真珠郎が奈緒美の脇に手を入れ、上体を起こさせる。

もちろん、アヌスでつながったままだ。そのまま体位を変えられて、奈緒美はのけぞり、豊乳を震わせた。

「あうっ……ああっ……」

うつ伏せから上体を起こした奈緒美の口の端から垂れた涎が、マットレスから糸を引いている。それだけでなく、秘所からあふれた蜜汁もまた、糸を引くほどあふれていた。

「どこもかしこもびしょ濡れか……淫乱でいい体だ……」

宗森が奈緒美の正面に腰を下ろし、陰唇を指でいじってくる。

「あんっ……やんっ……宗森さん、よして、よして……」

ヌプ……指が内奥に入り、Gスポットをいきなりくすぐってきた。

「ほおおっ」

ブルンッ！

縄からはみ出たEカップのバストが揺れ、汗が宗森の顔にかかる。

（お尻でも前でも、またイッちゃう）

奈緒美は、宗森の指で数えきれぬほど達した。奈緒美を開発し、体を隅々まで知りつくしている男とまぐわったら、どれほど感じるのか――戦慄が走る。

「ケツと俺の指でイキな。ほら、ほらっ」

グリグリと宗森の指がドリルのように蠢き、女のツボをついてくる。うしろ穴では、真珠郎が抜き挿しの振幅を大きくして、アヌスに愉悦を送っていた。

「おおお、おおううっ」

奔流となった愉悦が押しよせ、奈緒美はガクッと頭を垂れた。

秘所からは、ブシュッと音を立てて潮が噴き出る。

「お尻も、アソコもよすぎますっ……ひ、ひぃぃいっ」

奈緒美は、悩ましげな表情を浮かべたまま、唇をかんだ。

縄打たれた肩がヒクつき、襦袢はぐっしょりと汗で濡れている。

真珠郎のペニスは引き抜かれず、奈緒美のうしろ穴に居座ったままだ。

「次が本番だぜ、奥さん」

宗森が己のペニスをつかんで、蜜口にあてがった。

「いや……いやいやいや……あああっ……おおおっ」

ズズズズズッ！

宗森の男根が、愉悦で熱を持った粘膜をくすぐりながら奥へと進んでいく。

「ひっ、すご……すごいのっ」

奈緒美は我を忘れて叫んでいた。

いままでの快感はなんだったのだろう——そう思わせるほどの悦楽だった。

ペニスを咥えた子宮が脈打ち、もっともっとと吸いこむような動きをする。

「どうだ。この味、たまらねえだろ……」

奈緒美に宗森が口づける。いつもなら、顔を背けるのだが——圧倒的な快感の前に、理性はかき消えていた。

「んんっ……クチュ……チュ……レロレロ……」

奈緒美は鼻から酔ったような息を出しながら、宗森の唾液を吸い、舌を差し出して、からめ合わせる。

宗森が、腰をゆっくり抜き挿しさせはじめた。

ヌプププ……。

引き抜く動きだけで、肌が粟立ち、汗が噴き出る。

(指で愛撫したときに探った性感帯を、必ず刺激してるんだわ……)

子壺を焦がす快感の正体に気づいたとき、奈緒美はもう宗森の手中だった。

求めるままに舌を差し出し、唾液の交換をする。宗森が動けば、それに合わせて腰を振り、さらに快感を求めていた。

「二人で盛りあがりやがって。俺のことを忘れるんじゃねえ」

真珠郎が不機嫌そうに言って、奈緒美の乳房をつまんだ。

「忘れちゃいねえよ。俺が二本挿しするなら、相手はおまえって決めてたんだ。二本挿しさせたら、ここで一番だからな」

宗森が言うと、真珠郎がうれしそうな声をあげる。

「ふん。俺もこの女が気に入ったからわかる。宗森、おまえは今夜が最後だろ。だったら、狂うまで抱いてやろうぜ」

「そうだな」

宗森が凄艶な笑みを浮かべた。

「いやああ……壊さないで……もう、もうたっぷり味わいましたから……」

奈緒美は助けを求めるように鬼怒川を見た。

鬼怒川は欲望に燃えた瞳を返すだけだ。そして、その隣の河合は、体温の低い視線を送るだけだった。

(ああ、その目……その目で見るのはやめてっ)

奈緒美は顔を背けた。すると、真正面に宗森の目がある。

「俺に抱かれて、一緒に壊れてくれよ……」

宗森が律動を始める。真珠郎も、息を吹き返したペニスで奈緒美のアヌスをくすぐってきた。

「はおおおおっ……ああんっ、く、苦しい……」

そう言うので、精一杯だった。

女体責めの巧者二人が二穴を塞いでいるのだ。

押しよせる快楽に、脳髄は痺れ、言葉を紡ぐことすらできない。

「ああ、いい締まりだ……指で味わっていたときより、チ×ポで味わう方がいい。あんたのマ×コはすげえ名器だよ」

宗森が律動を強める。

パン、パン、パン、パチュッ、ヌチュッ！

腰と尻とがぶつかり合い、はじける音を放つ。そこに湿った音がからむのは、奈緒美の愛液が粘度の高い本気汁になっているからだ。

「おお、宗森のがいいか、尻がすごいぞっ。食いちぎられそうだっ」

真珠郎が、先ほどの交わりよりも余裕のない声をあげていた。相当感じているらしく、律動のピッチが速い。うしろ穴で味わう快感も凄まじいのに、宗森のペニスが与える快感は圧倒的だ。

「おう……おふっっ……あふっ……」

突きあげられるたびに、胸から空気があふれ、それが吐息となって漏れる。

ただ快楽の海をたゆたう小舟のごとく、奈緒美は揺れているだけだ。

言葉にならない快感が、涙となって頬を伝った。

「泣くほどいいか」

宗森がチュッ、チュッと口を吸いながら奈緒美に語りかけてくる。

「はい……いいです……おお、おおおおっ」

膣穴では子宮口を押しあげるピストンを繰り出され、うしろ穴では真珠郎が
それに合わせて男根をめぐらせてくる。

肛道と膣道を隔てる薄い肉壁を刺激され、奈緒美の気が遠くなる。

「俺から離れられねえか」

とがりきった女芯をくすぐりながら、宗森が聞いてくる。

その間も、ペニスをグラインドさせて、Gスポットを突いてきた。

「ああ……ひいいいっ……」

「離れられねえって、言えよ」

宗森が律動を止めて囁いた。

アヌスでは切迫した突きが続いているのに、律動を止められ、奈緒美は忘我

の境地から引き戻された。

　蜜口に居座った男根から、もっと快感が欲しくてたまらない。

「動いてください……助けて……」

　渇望に突き動かされて、奈緒美は宗森に囁く。

「俺から離れねえなら、動いてやるよ」

「ああ、それは……それだけは……」

　体は快楽を求め、宗森の動きを求めているが——終生、そばにいるのは夫の純次郎のみと決めている。

　奈緒美が頭を振ると、汗で濡れたほつれ髪が揺れた。

「動いてほしけりゃ、言うんだ」

「ああ……ああ……」

　奈緒美は涙をこぼした。もう、我慢の限界をとうに超えていた。

「離れられません……だから、動いてくださいっ」

　鼻声でそう言うと、宗森がにやっと笑った。

「あんたは俺のものだ……俺の……」

抜き挿しのテンポがあがる。

子宮口を絶え間なく突かれ、Gスポットもくすぐられる。

真珠郎も、奈緒美の肛道を狂わせるように律動を続けてくる。

「ほっ、ほおおおおっ、お尻も、アソコも、すごいのっ、ひっひっ」

二穴からひろがる途轍もない快美。

欲しいと思うところに、ペニスが当たり、そのたびに緊縛された女体が跳ねる。襦袢から突き出た双乳は、汗で濡れた宗森の肌をくすぐりながら上下した。

「おおおお、俺もたまらねえっ」

真珠郎がピッチをあげる。奈緒美は、うしろ穴で極まりそうになる。

「おお、奥さん……ああ、これがあんたのマ×コか……すげえ締まりだっ」

宗森が喘いだ。男二人の欲望に満ちた吐息を浴びながら、奈緒美は首をのけぞらせていく。

「いいわ、いいいっ、もう前もうしろも壊れちゃうっ」

「最高だ……あんたは俺が作った最高の牝奴隷だっ」

そう言い放って、宗森が乱打した。

快楽を与える女体開発師の動きではなく、欲望に駆られた男の素直な動き。

それが、奈緒美を絶頂へと導いていく。

「ああんっ……もう、もうっ……」

ギュンッ！

奈緒美の蜜口が肉棒を吸いあげんとばかりに締まる。

「俺も限界だっ」

「俺もだもっ」

男二人が決壊した。二穴に熱い白濁を受けながら、奈緒美は甘い声をあげて達していた。

第五幕　夫の前で

1

「宗森さんも虜《とりこ》にしちゃうなんて、あんた本当に怖い女ね」

蘭が、腰を動かしながら言った。

女二人は紫の双頭ディルドでつながっている。その中央部分は奈緒美が流した本気汁で白く染まっていた。

「うくっ……私が虜にしたわけじゃ……あんんっ」

全裸の奈緒美が相貌を振ると、うしろ穴に居座る雷電のペニスから快感がやってきて、甘い声をあげてしまう。

(ディルドでこんなに感じる体に変わってしまった……)

そのことに、奈緒美は慄《おのの》きつつも、股間から這いあがる快感に抗えない。

奈緒美は、ショーの前に体を温めるために——蘭と雷電のコンビによって愛撫されていた。

「宗森さん、どうなったか知ってる」

蘭が奈緒美の乳首をいじりながら肩に顔を乗せ、囁いてきた。今日も赤いコルセットとガーターベルト姿だ。

「し、知りません……」

喉を震わせながら、奈緒美は答えた。

奈緒美の顔の前に下りたベールをまくりあげ、蘭が目をのぞきこんだ。

「馬鹿よね、宗森さんも。調教していた女にはまるなんて。鬼怒川先生の許可なくショーに出て、舞台にいる女とセックスしたら罰が待ってるのよ。男はね……去勢されるの」

蘭が、ふふっと笑った。

奈緒美は恐ろしさに、鳥肌が立った。

「嘘でしょう……そんなこと……許されるわけないわ」

「あんただってこのクラブに来てるんだもの、常識や法律が通じない世界があるってわかるでしょ」

鬼怒川の秘密クラブ――常識では考えられない行為が金となり、それを観覧する者たちが赤裸々に欲望を満たす場所。たしかに、ここは金と欲が渦巻き、世間一般では許されぬことが平気で行われている。

「鬼怒川先生がそこまでやるってわかっていて、宗森もあんたとやっちゃったんだから……いちばん怖いのはあんたってことになるね」

そう言いながら、蘭が双頭ディルドでつながった奈緒美の膣奥を突いてきた。

「あんっ、んっ、んんっ」

たまらず、奈緒美は嬌声をあげる。

「ウェディングドレス姿だなんて、今日のショーも凝ってるじゃない」

奈緒美は、白く長いドレスの裾をまくりあげられ、背後から雷電に、そしてV字のディルドをつけて、奈緒美の下に横たわる蘭に二穴を貫かれていた。

純白のベールが、律動のたびに顔の前で揺れる。

「お、おっしゃらないで……」

きれいにセットされた化粧も髪も、少しずつ乱れていく。

蘭と雷電による息の合った責めで、ドレスから出た白い肩は桃色になり、汗で光っていた。

「なんでこのショーに出るようになったかは知らないけど……あんたも私と似たようなもんでしょ。これが好きなんでしょ。借金を返して終わりにするより、ショーが向いているんだから続けたらどう。こんな快感、ほかじゃ無理よ」

蘭がピアスのついたクリトリスを押しつけながら囁いた。

奈緒美の虜となって、罰を受けた宗森をあざ笑うようなことを言っているが――蘭もまた、奈緒美とのプレイを気に入っているように思えた。

二人をつなぐディルドは、奈緒美のだけでなく、蘭の愛液でもたっぷり濡れている。

「私は……私はあと二回出たら終わりにします……」

――もうすぐ渡航だ。奈緒美に苦労をかけたけれど、鬼怒川先生のおかげで、受け入れ先の病院も決まった。ありがとう、奈緒美。

病床の純次郎の顔色は、渡航スケジュールが決まってから、よくなっていた。

鬼怒川から援助を受ける前は、純次郎には希望がなかった。それゆえ、心を保つことができず、命の炎が消えかけていた。

（でも、希望ができたとたん、純次郎さんは見違えるほど元気になった……）

渡航まであと一カ月。日本の医者と受け入れ側の病院との折衝や、数時間の飛行機移動の際につき添う看護師の手配などが急ピッチで進んでいた。

数カ月前は実現するとは思えなかった海外での治療が、現実のものとなって近づいている。

（あと二回……あと二回出れば、これが終わるんだわ……）

様々な辱めを耐え、ようやくここまで来た。

今日を入れて二回のショーでこの恥辱は終わるのだ。

（終わって……いいの？）

ふと、そんなことを思った。

雷電のペニスがもたらす肛道の刺激、蘭が絶妙な腰づかいでGスポットを狙うディルドでの愛撫。

快楽に染まったこの体が、ショーと決別できるのか――。

（できるわ、きっと――）

奈緒美は、そう思いながら、蘭と雷電の愛撫に合わせて声をあげていた。

2

「では、今日もまたみなさんお待ちかねの、奈緒美嬢でございます」

司会の声が聞こえる。

奈緒美は、ブーケを持ち、純白のウェディングドレス姿で控え室から出ると
——驚いて肩が跳ねた。

廊下に、スーツ姿の河合が立っていた。

「鬼怒川先生から、会場までエスコートするようにと」

河合が手を出した。

ウェディングドレス用のハイヒールは靴底が厚く、かかとが高いので歩きにくい。奈緒美は、おずおずと手を差し出して、河合の手に重ねた。

「宗森さんのこと……聞きましたわ」

「そうですか。ここの掟《おきて》を破れば罰を受けるのが決まりですから」

長身の河合は、奈緒美の身長に合わせて少しかがんでいた。

このクラブで、数多《あまた》の男性や女性と肌を合わせたが、ささやかながら心遣いをする人は初めてだった。

「河合さんは、どうしてここに……」

「私は鬼怒川先生に拾われただけの男です。それ以上でも、それ以下でもありません。鬼怒川先生や、鬼怒川先生が指示したお相手をお守りするのが仕事です」

「まさか、いまは私を……」

「宗森が消えました。クラブには出入りできないようになっていますが……あの男はクラブを知りつくしていますので、念のため、あなたを家に送りとどけるまでそばについているようにとのご命令です」

河合は淡々と言った。

歓声が聞こえる。この扉は――いつもの鏡の間だ。

ドアの間に立った奈緒美の背後にまわった河合が、白い革製の目隠しをつけてきた。

「では、どうぞ」

奈緒美の視界は闇《やみ》に包まれていたが——宗森が手を取っているせいか、恐れはなかった。

歓声が耳朶を打つ。

「奈緒美嬢、今日は清楚なウェディングドレス姿です」

奈緒美の手を持つ相手が変わった。

肉厚の手から、真珠郎のものだとわかる。

「本日は、ウェディングドレス姿での輪姦ショーでございます。底なしの性欲を誇る奈緒美嬢が、何人のモノを受け入れるか、とくとご覧くださいませ」

奈緒美が部屋の中央のマットレスにつくと、ハイヒールを脱がされた。そして、両足に革の足枷がつけられる。

「まずは口でやんな」

ベールがあげられる。指示により、奈緒美はウェディングブーケを持ったままだ。

「清楚なお姿の奈緒美嬢が、真珠つきのペニスを頬張るところを、とくとご覧ください」

また拍手と歓声があがる。
奈緒美が口を開くと、真珠郎のペニスが口内を犯してくる。
カポッ、カポッ、カポッ……。
軽快な音を立てて、奈緒美はフェラチオを施した。頭はつかまれているが、
奈緒美のリズムで動いていた。舌をめぐらせ、ゴツゴツしたペニスの裏スジを
そっと撫でる。
「うむ……」
真珠郎が呻いた。
二回目のショーでは快楽で翻弄する側だった真珠郎が、数回のショーと宗森
のしこみを受けた奈緒美の舌技に素直に反応していた。
「むぐっ……チュ……チュ……ジュルルルッ」
尿道口から出た先走りを吸い、嚥下する。舌先をくすぐる潮味も、もう不快
ではない。
(本当に……私は変わってしまったのね……)
夫が希望のもとへ——光の下へ歩き出そうとしているのに、奈緒美は悦楽の

闇へと足を進めている。

軽い目眩を覚えつつも、ペニスを頬張るのをやめられない。

「おうっと、これじゃ、あんたを犯す前に出しちまう。とんだフェラ好き女になったもんだ」

真珠郎の方からペニスを引き抜かれ、奈緒美は唇に物足りなさを覚えていた。顎から涎が垂れ、ウェディングドレスの胸もとを濡らす。

「安心しな、今日はあんたが満足するまでやれる男をたくさん用意したから」

ドアが開く音。そして、裸足《はだし》のペタペタという足音がいくつも重なって聞こえる。少なくとも十人以上はいそうだ。

「あんたとのショーのために、一カ月禁欲させた好き者たちだ」

「あ、ああ、そんなにしたら壊れます……やめて、いやっ」

奈緒美は、前回のショーで乱入した宗森に犯されながら「離れられない」と言ってしまった。快楽で理性が麻痺《まひ》していたとはいえ——夫への裏切りを重ねつづけていることで、心が鎖で縛られたようにつらく、重い。

そのうえ、また未知の快楽を味わわされたら——また自分が何を口走ってしまうかわからない。

「あんたはあがけばあがくほど、色っぽくなるなあ」

真珠郎が奈緒美を抱きしめると、仰向けにさせて、ともにうしろに倒れた。

姿勢を変えられた奈緒美だが、ブーケは持ったままだ。鬼怒川から、合図があるまでブーケを持っているようにと厳命されているのだ。

「いや、いや……」

視界が遮られているだけに、どれほどの人数が己を犯そうとしているのかわからない。それが恐怖を大きくさせる。

逃げようにも、足枷が動きを阻む。

「久しぶりだな、奈緒美さんよ」

伊達の声だった。

「最初は、俺らがあんたに火をつけて――それから、若い衆に輪姦《まわ》させる。オマ×コが乾く間もねえくらいチ×ポが入るから、愉しみにしな」

奈緒美のウェディングドレスの裾をまくりあげ、伊達は前戯もなしに挿入してきた。

「こっちを塞ぐのは、俺の役目だ」

真珠郎のパール入りペニスが、グイッとアヌスに突き刺さる。

「あんっ……んんんっ……すごいっ」

目隠しの下で、奈緒美は目を見開いた。

雷電の野太いペニスでのアナル責めの快感とは違う、ゴツゴツした肉棒が与える快感に、奈緒美は真紅のリップを塗った唇を開いた。

二穴を息の合った律動で弄ばれ、奈緒美は喘ぐ。

「あんっ、あんっ……あ……おおおっ……」

伊達の得意技である速射が始まる。すばやい突きで子宮口を連打され、奈緒美の顔にかかったベールが律動のたびに揺れた。

「胸が触れねえんじゃもったいねえな」

真珠郎が、律動しながら奈緒美のウェディングドレスのファスナーを下ろす。肩紐のないドレスなので、豊乳がすぐにまろび出た。

「今日は違う遊びもしようぜ」

伊達がペニスを引き抜く。蜜穴が開いた寂しさに囚《とら》われた瞬間、太い腕が奈緒美の太股を抱えていた。野太いペニスが当てられ、内奥に入ってくる。

「きゃんっ……」

奈緒美は喉を晒して喘いだ。

この太さは――。

「今度はこっちで味わうぜ、奥さん」

雷電のものだ。アヌスで散々味わったが、秘所で味わうのは初めてだった。

蜜穴が限界まで押しひろげられる太さに、痛みにも似た快楽を覚えながら、奈緒美は甘い声を放った。

「こっちでも始めるぜ」

伊達が奈緒美の双乳で、己のペニスを挟んだ。そうしてから、腰を交わりのときのように前後させる。

ズリュ、リュ……ニュッ……。

胸の谷間から異常な音と、男女の交合の匂いが放たれる。

「奥さん、口を開けな」

「えっ……まさか……」

と言った瞬間、伊達の片手が奈緒美の頭をつかむ。首を起こした奈緒美の唇に、伊達の切っ先が入ってきた。

「はむっ……むっ……」

ペニスは口内深くまで入ってこないが、奈緒美の蜜汁がついた亀頭を味わわされ、羞恥で耳が熱くなった。

（おっぱいで挟みながらこんなこと……）

ショーのたびに、あらたなプレイをさせられ、そして自分の蜜汁を味わわされる。恐ろしいのは、そのことへの抵抗が少しずつ薄れていることだ。

事実、己の愛液を味わいながら、奈緒美はひどく興奮している。

「パイズリに、二穴プレイ……そんなにいいのかい、奥さん」

真珠郎がアヌスを突きあげながら、耳たぶを舐めてきた。

「あんっ……よ、よくないですっ……」

男たちの抜き挿しに合わせて上下する肩は汗で光り、雷電の男根を受け止めた股間が愛液で濡れているのはわかっている。

前回、宗森が与えた快楽に陥落して「離れられない」と言ってしまった自分への戒めとして、奈緒美は言葉で抗うことにしたのだ。

(これ以上、純次郎さんを裏切りたくないもの……)

希望がともった涼やかな目もと。その目には、鬼怒川への依頼を成功させた
奈緒美への信頼、そして入院中支えつづけている妻への曇りない愛情があった。

純次郎が海外で体を治したら、夫婦で新しい生活に踏み出すのだ。

(そうよ、そのために私はショーに出てるのだから……)

と、割りきろうとするのだが——真珠郎の巧みな律動がアヌスで炸裂し、雷
電の重々しい突きで子宮口が塞がれるたびに、理性の声が遠くなる。

かわりに出るのは——。

「あんっ、んっんんっ……カポッカポッ……レロレロ……」

甘い喘ぎと、双乳の間から顔を出した伊達の亀頭を咥える音だった。

「柔らかい胸もたまらねえが……フェラもたまらねえっ」

伊達が先走りと汗で濡れた谷間で肉棒を滑らせる。そこに性感帯はないのに、
奈緒美は愛欲の昂りを感じていた。

「あんた、アヌスもいいが、オマ×コも絶品だ……」

雷電の突きのピッチがあがっている。

ズンズンズンッ……！

重量級の亀頭で子宮を揺さぶられ、奈緒美の蜜口は白濁した愛液をしとどにこぼす。

「雷電の味を覚えたアヌスも、締まりがすげえ……やればやるほど、ガバガバになる女が多いのに、あんたは締まりがよくなるばかりだ」

真珠郎が、にやけ声でそう言った。

三人の男に口、蜜穴、肛道を塞がれながら、奈緒美は屈辱よりも快楽を味わっていた。

「むううっ……むほっ……あふっ……ふうっ……いいっ……」

夫のために半強制的に出させられたショーで見世物となっている自分を、そして宗森のテクニックに溺れてしまった罪を忘れたくて、奈緒美は男たちのもたらす愉悦に没頭した。

「おおっ、そこを舐めるかっ……う、うおおっ」

双乳で抜き挿ししていた伊達が、赤い舌で尿道口を舐められて尻を震わせた。

「ダメだ、俺は我慢できねえっ」

そう言うと、奈緒美のベールをあげて、ドッと欲望を解き放つ。口に入りきらなかった飛沫が、奈緒美の相貌に白のまだら模様をつけていた。

「伊達の汁を飲んだとたん、また締まる……」

雷電が呻く。彼も極まりそうなのか、律動が切迫したものになっていた。

パンパンッ、ズン、ズンッ……！

結合部からは乾いた音が、そして子宮の奥では重い音が響く。

「むうう……あんん、私、私っ……」

奈緒美もグイッと弓なりになる。

「雷電、こっちも締まりやがった……一緒にイクぞっ」

真珠郎も、奥歯をかみしめながら呻いた。

雷電と呼吸を合わせて、二穴で抜き挿しを繰り出す。

マットレスの上で繰りひろげられる痴態に、客席から歓声があがる。

（ああ、そうだわ……私、見られているんだわ）

目隠しをされていたので忘れていた——鏡の間はマットレスを見下ろす形で

座席があり、まわりはすべて客席となっているのだ。

観客たちに視姦されている事実が、奈緒美を追いつめた。

「ああ、あああ、恥ずかしいっ、恥ずかしいのにっ」

奈緒美の腰は男たちの精を求めるようにクイクイ動いた。

「おお、奥さん、その腰づかいたまらねえっ」

真珠郎はそう言って、数度突きあげると肛道に牡汁を注いだ。

ビュッ、ビュルルルッ！

「お尻が……はううっ」

アヌスでイッた奈緒美が、またものけぞる。

「締まりが……すげえっ、オラ、オラッ……おおおおっ」

雷電が撞木《しゅもく》のようなペニスで突きを放ったあと、動きを止めた。

ドバッと大量の樹液が蜜壺を白く染めていく。

「ああ、あああん、私、全部で感じちゃううっ……」

奈緒美は、愉悦で濡れた肩を震わせる。

伊達は、余韻に浸る間もなく、ペニスを引き抜いた。

「夢の奈緒美さんだ……」

中年くらいの男の声が耳にかかる。快感を極めたばかりの蜜口に、グイッと亀頭が押しあてられた。

「や、やぁっ……そんな続けては無理ですっ……あんっあぁっ……」

グググッ！

亀頭の大きなペニスが、敏感になった膣道を刺激する。

奈緒美の蜜口から、樹液と愛液が入り交じったものがにじみ出て、双臀を濡らした。

「奈緒美さん、奈緒美さんっ」

男は夢中でがむしゃらに腰を動かしてくる。

パンパンパンッ！

「ダメ、ダメ、またよくなっちゃうのっ、ダメ、もう……あああっ」

連続しての挿入に、奈緒美の感度はあがっていく。

「奥さん、今日はあと十人は待ってるんだ……がんばれよ」

真珠郎の言葉に、奈緒美は悲鳴をあげようとしたが――男の律動が強くなると、それは嬌声に変わっていた。

3

「あんっ……んんっ」

蜜穴にペニスが押し入ってくる感覚に、奈緒美は喉を晒した。

体は疲れきっているのに、膣道はしっかり反応している。

アヌスにいる、真珠郎のパール入りペニスと男根が薄肉を隔てて擦れ合う。

「ああ、締まるっ。こんなすげえの初めてだっ」

若い男の声だった。

今度のは長い。子宮口をつついて、敏感になった膣内を刺激してくる。

雷電と伊達によるデモンストレーションが終わってから、輪姦ショーが始まった。輪姦ショーの出演者が希望すれば、真珠郎が二穴プレイのためにアヌスを塞いでくれる。

いまの出演者は、奈緒美との二穴プレイに憧れを抱いて参加したと、司会者が話していた。

「精液でドロドロでも、奈緒美さんはきれいだ……最高の花嫁だ」

男が、他人の精液がついた奈緒美の頬を舐めた。

出演者には奈緒美を傷つける行為以外は許されていた。

ショーは、新婚初夜の花嫁を、初夜の前に輪姦する、という筋立てだった。

「わ、私は……」

人妻です、と言いたかったが、奈緒美はその言葉を呑みこんだ。

(みんなそれを知って抱いているんだもの)

このクラブの会場に出入りする者は、純次郎を知っている者も多い。そして、奈緒美が純次郎の妻であることも——。

(わかっているから……抱いていて愉しいんだわ)

知っている誰かの妻を寝取る背徳感が、男たちの欲望をかきたてているのは間違いなかった。

「僕、あなたのご実家の氏子なんですよっ、ああ、ずっと奈緒美さんに憧れてたんだ……その人を抱けるなんてっ、ああ、あああっ」

グチュ、チュ、ニュチュッ！

男はそう囁きながら、腰をせわしなく繰り出す。

律動のたびに、中出しされた精液と本気汁がかき出され、ムンとした牡の臭いと、奈緒美の濃密な香りがあたりにたちこめていた。

「あうっ、いや、それは言わないでっ」

むき出しになった肩が、羞恥で桃色に染まった。

「秘密にしますからっ、あああ、だから僕がイクまで受け止めてくださいよ」

男はタフだった。律動が長く、それで奈緒美は極まりそうになっている。

クラブは秘密厳守が徹底されていて、このクラブで知り得た事実を口外すればクラブからの追放と、鬼怒川からの罰が待っているという。

社会的な死――それが用意されているらしい。

――だって秘密を握られているのよ、出入りしている人も。

蘭がそう言っていた。

安全地帯では味わえない快楽を味わうために、クラブの客は大枚をはたいているのだという。人には言えぬ昏《くら》い欲望を満たすためなら、己の秘密を握られ、金を差し出してもいいという人間が意外と多いことに奈緒美は驚いた。

（でも、私も、ショーに出なければ、この快感を知らなかった……）

若い男の律動が切迫してくる。

「あんっ……」

ズンズンズンッ……！

何人もの精を受けた蜜壺から、律動のたびに愛液よりも濃い白濁液があふれて飛沫をあげた。

「奈緒美さん、僕のでイキそうなの……イッて、イッて」

男の突きあげがすばやくなる。

「ああ……すごいっ、すごいのっ」

心ではイキたくないと思っていても、悲しいかな、体は強く反応してしまう。

奈緒美はえくぼが浮くほどキュンと白臀を引きしめた。

蜜肉が狭まり、男の肉棒を四方からくるむ。

「おお、おおっ」

奈緒美の膣肉の圧搾を受けて、男性が声をあげながらラッシュをかける。

パンパンパン！

肉鼓の音を立てて、交合が切羽詰まったものとなる。

「私も……もうっ……」

グイッ！

男性が突きを放って、奈緒美の奥深くで動きを止めた。

「僕もイク、おおおっ」

そして、ドクドクと大量の精液を解き放つ。

「熱い……ああんっ……おおおおっ」

真珠郎の上で、奈緒美は体をバウンドさせた。

「こっちもたまらねえ……」

アヌスに挿入していただけの真珠郎だが、奈緒美が達した拍子に強く締めたことにより、陥落したらしい。

ビュルッ……ビュルルルルッ！

肛道が熱くなる。

「あんっ、あんんん……」

奈緒美は、精液と汗で濡れたウェディングドレスを波打たせ、達した。

今夜だけで、数えきれないほど達している。

ショーが終わったら、家に帰って休まなければならない。

明日は純次郎の病院で、渡航前の打ち合わせがあるのだ。

しかし、いま眠ったら、丸一日は目覚めないような気がした。

「では、輪姦ショーの最後は、寝取られた新郎による初夜でございます」

バッハの曲に合わせて、ドアが開く音がした。

耳はバッハの妙なる音楽で清められても、鼻先をくすぐるのは精液と愛液の混ざった匂いだ。欲情まみれのこの空間で、バッハを聴くのは強烈な皮肉に感じられた。

そこに、ゆっくりと奈緒美の方に歩いてくる足音か重なる。

(きっとこの方も、権利を買った方なのね……)

金で交わる権利を買われる女に堕ちた哀感とともに、奈緒美はこの男で今日のショーが終わると安堵もしていた。

「奥さん、最後のお相手だ。顔を見てやらねえとな」

真珠郎が奈緒美の目隠しをはずした。

最初に見えたのは白。天井の強烈な光だ。やがて明るさに目が慣れてきて、鏡の間の様子が見えるようになる。

「さ、お相手してやってください。最高のしあがりだ」

真珠郎がうやうやしく男に言った。

奈緒美はフロックコートにスラックス姿の男を見て、言葉を失った。

「純次郎……さん……」

照明に照らされた純次郎は、やつれているが、頬は紅潮している。

パジャマ姿ではないせいか、精悍《せいかん》に見える。

精悍に見えるのは、衣装の違いだけではないだろう。

目だ。その目は、欲情にきらめいていた。

「僕のために、こんなに汚されて……」

純次郎が硬い表情で言った。

「いや、来ないで……見ないで……こんな私を……」

奈緒美は愛欲液で汚れ、着くずれたウェディングドレスの胸もとを合わせて隠した。夫に教えないのが条件ではなかったのか——。

奈緒美は鬼怒川を見た。鬼怒川はニヤニヤと笑っている。

「かわいそうに……奈緒美」

純次郎が跪き、奈緒美を抱きしめた。

いつもは病院の消毒液の臭いがする夫から、懐かしいコロンの香りがする。

奈緒美は、おずおずと純次郎に抱きついた。

「いいの……こんなに汚れた私を見ても、平気なの……」

「だって、君は僕の妻だ。僕が嫌うわけないだろう」

「純次郎さん……純次郎さんっ」

奈緒美は、純次郎の胸に顔を埋めて泣きじゃくった。

いままでの恥辱も、すべて洗い流すように——。

「君のショーのおかげで、僕は命をつないだよ」

——君のショーのおかげ。

奈緒美は、その言葉に顔をあげた。

「渡航費も、僕が作った借金も消してくれたうえに、君は僕の欲望も満たしてくれたんだ……君の動画を見るたび、僕は生き返る気がしたよ」

奈緒美は純次郎から離れた。夫が、何を言っているのかわからない。

「鬼怒川先生はすべてを叶えてくれた……僕の願望も、すべて」

真珠郎が力の抜けた奈緒美を四つん這いにした。

「どうします。やっぱり、ネトラレがいいんで？」

「ああ、僕がするより、君がする方が感じるだろう。ここで見ていたいんだ」

純次郎が、奈緒美の尻のあたりに座った。

後背位で結合したら、ちょうどつなぎ目が見えるあたりだ。

「じゅ、純次郎さん……どうして……」

「僕は、僕の愛する人がほかの男に抱かれるのが好きなんだ……それを心ゆくまで眺めていたい。それが僕の欲望なんだよ」

「そういうことだ、奥さん」

真珠郎が精液と愛液で濡れたウェディングドレスをたくしあげ、尻をむき出しにした。ガーターベルトも、内股も双臀も、くまなく白濁液で濡れている。

「男十人を相手にして汁まみれになっても、色っぽいよ、あんたは」

真珠郎がペニスを陰唇に押しあてた。

ヴーン……。

モーターの音が聞こえ――女芯に激烈な快感が走る。

「あああああ……何、なんなの、純次郎さぁんっ」

「抱かれすぎて、感覚が鈍くなってるかもしれないから、クリトリスにローターを当ててもらってるんだよ。気持ちいいだろ、奈緒美」

「あうっ……ううう」

奈緒美は頭を振りつづけた。

肢体を貫く快感も、純次郎が鬼怒川と組んでいたことも、すべてを否定したい。しかし、そのすべてが真実なのだ。

「ひどい……ひどすぎる……」

涙があふれる。

「そうだね、ひどいね。でも、そんな目に遭っているのに、どうして奈緒美はぐしょぐしょに濡れているんだい」

純次郎が欲望に燃える目で見ていた。

彼の言うとおりだった。白濁液ではない、熱い愛液が内股を伝って、マットレスに池を作っている。

「君は恥ずかしい目に遭えば遭うほど感じるマゾなんだよ」

愛する夫の言葉が胸を抉った。

「ああ……」

絶望の帳《とばり》が下りる。

抗う気力を失い、力が抜けた奈緒美の蜜肉に、真珠郎がペニスを入れた。

「おおお……おおおっっ」

女芯に激しい快楽を与えられながらの、パールつきペニスの味は格別だった。

真珠郎がすぐに腰を送ってくる。

パンパン！　ヌチュ、グチュ！

結合部から弾ける音とともに、愛液の飛沫が散った。

それが、二人のつなぎ目そばに座る純次郎の顔にかかる。

「熱いよ……奈緒美のお汁が」

純次郎は、顔についたそれを指でぬぐい、舐めた。

「やめて、汚れきった私のお汁なんて、舐めないで」

泣き濡れながら、奈緒美は純次郎に訴える。

「初夜にこうされるのが夢だったたんだ……」

純次郎の耳には届いていない。彼は、夢の実現に恍惚としていた。

（私は妻ではなく……純次郎さんの欲望の道具でしかなかったの……）

奈緒美の心にあった支柱が、音を立てて折れた。

「あふっ……あううう……」

泣きじゃくりながら、奈緒美は快楽を求めて腰を振った。

「おお……奥さん、気が入ってきたじゃねえか」

「真珠郎さん、犯して、私を気が済むまで犯してっ」

奈緒美は腰を振り、肩越しに振り返ると、真珠郎の唇を求めた。

夫の前で、真珠郎の唇と、奈緒美の唇が重なり——舌が激しくからみ合う。

「んんっ……ちゅ……ちゅ……」

唾液の交換をしながら、二人は腰を使うピッチをあげた。

パチュッパチュッ、パンパンパンッ！

激しい音を立てて、律動が続く。

「真珠郎さんのが、Gスポットに当たるっ……いいっ、いいっ」

「奥さん、もっと見せつけてやりましょうや」

真珠郎がつながったまま、座位に体位を変えた。

そして、奈緒美の太股をうしろから抱えて大きく開かせる。

パールつきのゴツゴツしたペニスが、紅色の秘所で出入りする様子が、純次郎から丸見えになっている。

「やんっ、恥ずかしいのっ。ひどい、みんなひどいわっ……」

泣きじゃくりながら、奈緒美は上下に揺れていた。しかも、真珠郎は女芯にローターをずっと当てつづけている。

奈緒美は、夫に見られまいと秘所を持っていたブーケで隠す。

「奈緒美……これは僕がもらうよ」

夫が、ブーケを取った。

「奈緒美が別な男に抱かれながらも放さなかったブーケ。これは明日、僕の病室に飾ろう」

ブーケの匂いをかぎながら、純次郎が微笑む。

「ああ……花も素晴らしいけれど、パール入りのペニスを咥えている、奈緒美のアソコはもっと素晴らしいよ」

正気とは思えぬ言葉が、奈緒美を追いつめる。

「いや……もう何もかもが……いやあああああっ」

奈緒美は、理性を手放した。本能のままに、己に突き刺さる男根を味わい、ローターの振動に溺れる。

「奈緒美、イキそうなのかい」

その言葉に、蜜口がキュンと締まった。

「あああ、イクわ……あなた……私、イクイクイク……イッちゃうっ」

そう叫ぶとともに、奈緒美の秘所からはブシュッとイキ潮が放たれた。

「おうう……こっちも我慢ならねえ。出すぞっ」

真珠郎がピストンを止めて、奥深くで牡のマグマを噴火させる。

抜き挿しでイッたばかりの奈緒美は、またこの熱い飛沫を浴びて、さらに頂に至る。

「熱いので、またイクウウウウッ」

真珠郎の樹液を浴びながら、激しく達した奈緒美は、夫の服が濡れるほどの潮を噴いて、ガクッと力を抜いた。

マットレスの上に、しばし静寂が訪れる。

しばらくすると――この見世物に感服した客たちから、惜しみない拍手が送られた。

だが、その拍手は、失神した奈緒美の耳に届くことはなかった。

第六幕　ラストショー

1

「今日のショーであなたも引退だ。寂しいな」

奈緒美は、顔をあげられなかった。

「ありがとうございます……」

それだけ言うのも骨が折れるほど、打ちひしがれていた。

「純次郎君の心配はない。万事手配済みだ。彼は本当にいい奥さんを持ったものだ。なかなかできることではないよ」

感心したように、鬼怒川が言った。

鬼怒川はクラブの特別室にあるソファーに座り、傍らには河合が立っていた。

「それだけ？　もっと言うことあるでしょ？」

蘭が低い声で囁いた。そして、奈緒美の尻をバラ鞭で打つ。

「ふっ……あんっ……いいっ……」

襦袢の裾から双臀を出して、赤い痕をつけられながら、奈緒美は喘ぎ声をあげた。奈緒美は、蘭が腰につけたペニスバンドで貫かれながら、尻を打擲されていた。

「蘭君、ショーの本番前なんだから、あまり傷をつけてはいけないよ」

「はい、先生」

蘭は明るい声で鬼怒川に答える。

そして、抜き挿しのピッチをあげてきた。

グチュ……ヌチュ……ニュチュッ……！

奈緒美は四つん這いになりながら、蘭のストロークを尻で受けている。

「今日で最後とは名残惜しいが、これも約束。そして、奈緒美さんはショーで務めを立派に果たした。お客様も、私も満足しているよ」

奈緒美は最後のショーの前に、鬼怒川に挨拶するべく、クラブの特別室を訪ねたのだが——待っていたのはペニスバンドをつけた蘭だった。

(蘭さんに責めさせながら、挨拶させる気だったんだわ……)

鬼怒川の異常さにぞっとする。だが、そう思いつつも、視姦されることで、感じてしまう自分の変化にも奈緒美は気づいていた。

「ふっ……あんんっ」

蘭が結合部のすぐ下にある女芯に鞭を押しあてて、刺激してくる。秘所から湿った音を立て、奈緒美はのけぞった。

顎をあげると、奈緒美を見下ろす河合と目が合う。

「いや……やあああああっ」

牝奴隷となった奈緒美の痴態を愉しむ目ではなく、人としての奈緒美を見る目だった。河合の静けさすら漂う瞳に見つめられると、自分がいかに堕ちたか思い知らされ、良心の痛みと、それとともに背徳の快感が巻き起こる。

「ノリがよくなっちゃって……かわいくなったわね」

蘭が鞭で奈緒美の顎を自分に向けさせ、紅い唇を重ねてくる。

「ショーで最初の相手をした男がよかったんだろう。河合、さすがだ」

奈緒美は目をハッと見開いて、河合を見た。

その言葉を聞いた、河合の目が泳いでいる。

「おや？　知らなかったのかね。最初に君の相手をしたのはこの河合だ。素人くさい愛撫だったが、よかっただろう」

鬼怒川が日本酒の入ったグラスを持ちあげ、うまそうに舐める。

「河合さんも、ボディーガードなんかやめて、私と一緒に働きましょうよ。こっちの方がもらえるわよ」

蘭が奈緒美の乳頭をむき出しにして、クリクリと指先でいじる。

ネイルアートの施された長い爪で乳首を刺激され、奈緒美はまたも悶えた。

「あれは先生からのご命令でしたことです。自分は、こちらが本分ですから」

河合が奈緒美から視線をそらした。

「まじめな男ですからな。知り合いと肌を合わせるチャンスを作ってやったのに、自分の正体も言わず、それでいてきっちりイカせおった」

最初のショーで自分を狂わせたのが河合だと知って、奈緒美は愕然とした。

それなのに——なぜ瞳に愛欲を浮かべないのか。

河合にとっても、奈緒美は見世物でしかないのか。

(どうして……純次郎さんのときよりも心が乱れているのはどうして)

今朝、奈緒美は純次郎の病室に行った。

部屋には、前回のショーで奈緒美が持っていたブーケが飾られていた。

清らかな花で作られたウェディングブーケは、病室を華やかに彩っている。

純次郎の点滴を交換しに来た看護師が「素敵なお花ですね」と奈緒美に言った。

「ええ、妻が選んでくれたんです」

夫は笑顔で答えた。

奈緒美は病室で凍りついていた。

ショーのあとも、夫は奈緒美の恥辱をくすぐり、快楽を得ているのだ――。

夫にとって、奈緒美の存在とは何か、もうわからなくなっていた。

すべてが信じられなくなったいま――信じられるのは、このクラブで唯一まともだと思っていた河合の存在だけだったのだが――。

それが脆《もろ》くも崩れ去った。

奈緒美の心には、もう何も支えはない。

（支えがあるとしたら……）

「蘭さん、私をもっと犯して……」

奈緒美は自分から口走っていた。

ふだん奈緒美から出ない言葉に、蘭も河合も驚いたようだが、蘭は口の端をあげた。

「かわいいこと、言うじゃない……いいわよ、やってあげる」

蘭が奈緒美の尻を抱えて、抜き挿しのテンポをあげた。

クチュ、チュ……！

極太のペニスバンドを咥えている蜜口が、抜き挿しのたびにめくれ、愛液を滴らせる。卑猥な音と匂いが、特別室に満ちていく。

「お、おお……なんと……見ろ、みんな見ろ……」

鬼怒川が驚いた声をあげた。

「年を取ってから、さっぱりだったナニが勃《た》ちおったわ。我慢できん……咥えてくれ、奈緒美さん」

和服の前を開け、鬼怒川が下着を脱いだ。

若い頃は散々女を泣かせたのだろう、久々に勃起したという肉根は年季の入った色で、黒光りしていた。太く、血管の浮いたペニスを見て、奈緒美は欲情から生唾を飲みこんだ。

「お、おいしそうですわ……」

もう、すべてがどうでもよかった。

胸の痛みを忘れる方法はひとつしかない。快楽に溺れることだ。

奈緒美は蘭とつながったまま、前に這っていく。

そして、鬼怒川のペニスを咥えた。

「んむっ……からみつく……いい舌づかいだ」

宗森にしこまれた舌技で、鬼怒川の裏スジを舐めながら、唇をすぼめて頭を上下させる。涎をあふれさせ、ぬめりをよくすると、カポッ、カポッと軽快な音を立てながら亀頭を吸う。

「あんっ、すっごいやらしい……たまんない。わたしも……」

蘭が奈緒美の乳首をつまむために前屈みになり、腰をしきりに動かしてきた。

このペニスバンドは、蘭の内奥にもディルドが入る仕様になっており、腰を動かすたびに、蘭も快感を得られるようになっている。

「むちゅ……ちゅ……ジュルルルッ」

奈緒美の唇が放つ、淫らな音が充満する。腰を動かす蘭が放つ音、口淫の快感から鬼怒川があげる声。

河合は、沈痛な面持ちでそれを聞いていた。

鬼怒川までも淫熱に浮かされたというのに、河合はまともなまま、奈緒美を見ている。

（ああ……狂って……私と一緒に狂って……）

奈緒美は河合に熱い視線を送る。だが、河合はそらした。

細い顎が震えている。

（淫乱な女と見下げはてているんだわ……）

そう思うと、哀しみが胸を貫く。

なのだが、胸が疼けば疼くほど、それが快楽に変わっていく。

「むうっ……むうっ……むうっ……」

ジュルジュルと音を立てて、奈緒美は鬼怒川のペニスを吸った。ペニスバンドからさらに愉悦を引き出そうと、腰を盛んに振りたてる。

「蘭、私も久々にやりたくなった……おまえにはアヌスをまかせる」

鬼怒川が立ちあがる。河合は呆然《ぼうぜん》とした様子で、突っ立っていた。

「河合、準備しろ」

そう言われて、金縛りが解けたのか、河合は特別室にある大ぶりのソファーを動かした。座面が広いので、そのままでも交わりはできそうだが、背あてを倒すことでキングサイズのベッドのようになった。

「蘭」

鬼怒川が帯をほどきながら、そこへ移動する。蘭も奈緒美とつながったまま、そのソファーにあがった。

つながったまま移動するたびに、膝を伝った色の濃い愛液が床につく。

「あふっ……ふうっ？」

奈緒美がソファーにあがると、蘭がディルドを引き抜いた。

「あたしの上に乗りなよ。アヌスで」

蘭が仰向けになって、奈緒美を待っていた。

「それは……」

河合の前で、二本挿しをするということだ。

いままで散々しているのに、なぜか体が固まってしまう。

「もう、遅いんだからぁっ」

蘭が奈緒美の白臀をぐいっとつかんで、うしろ穴にディルドをあてがう。

ズズ……ヌチュチュチュ……！

愛液のたっぷりついたディルドは、湿った音を立てながら、熟女のアヌスに呑みこまれていった。

「うむ……奈緒美さんは二穴プレイが似合う……私も一度やってみたかったんだよ」

鬼怒川は、涎をこぼさんばかりの笑みを浮かべていた。

黒光りするペニスが蜜口にあてがわれ――ヌプププッと音を立てて奥まで挿入された。

不気味な笑みを貼《は》りつけたままの鬼怒川と正常位でつながることに、嫌悪感がこみあげるが――内奥に亀頭が入りこむと体が愉悦で熱くなる。

「はおおおっ……おおっ……」

襦袢の襟を乱して、奈緒美が快楽に喘いだ。乱れた襟からは、Ｅカップの乳房がこぼれ、音を立てて揺れている。

ニュチュチュ……パンパンパンッ！

高齢とは思えぬ腰づかいで、鬼怒川が奈緒美を貫く。

「おお、奈緒美さん、奈緒美さん……素晴らしいオマ×コだっ」

鬼怒川が奈緒美の膣を味わいつくすかのように、ゆっくりと抜き挿しする。

そのたびに奈緒美の体が上下動して、汗と愛液を散らす。

特別室は、女の汗と愛液で湿度があがっていった。

「ああ、あううっ……鬼怒川先生のが太いのっ、あんっ」

ショーで数多の男と交わったが、鬼怒川は女遊びに長《た》けていただけあって、プロの男たちにひけを取らぬ肉棒だった。

奈緒美は乳房をユサユサ揺らしながら、老人の律動を受け止める。

（あっ……）

二穴の愉悦に浸っていた奈緒美は、目を見開いた。

奈緒美の尻のあたりに、河合が立っていたのだ。その位置だと、ペニスとデイルドで塞がれた双臀の谷間が丸見えだ。

「あんっ、あんっ……ここは、ここはダメっ」

突然、奈緒美が抗った。が、鬼怒川も蘭も、奈緒美がプレイの最中にパニックに陥るのをよく見ていたので、それが河合の視線を受けてのことだと気づいていない様子だ。

「奈緒美さんは気がノッてくると、ダメという。たまらんのう」

「違う、違うのっ……はうっ。はんっ、き、鬼怒川先生……すごいっ」

抗いながらも、快楽に流され悶えてしまう。

鬼怒川にGスポットをカリ首で刺激されたあとで子宮口を突かれ、奈緒美は首を左右に振って喘いだ。

「おお、いい……いやがるそぶりも、オマ×コの締まりも絶品だ……」

鬼怒川が太鼓腹を奈緒美の下腹に押しつけながら、身をかがめる。両手を乳房に伸ばして、律動しながらじっくりと揉みあげた。そして、乳首を中央に寄せると、交互に吸いはじめる。

「あんっ……い、イキそうですっ……」

とがりきった乳首への、ツボをついた責めに奈緒美は泣いていた。

何度味わっても飽きの来ない二穴の愉悦と、経験ある鬼怒川の律動、そして舌と唇を駆使した乳房愛撫——これまでのショーよりも、奈緒美は感じていた。

「イキそうか……イッていいんだぞ……ほれ、ほれっ」

鬼怒川が子宮口を抉る。

「ああ……ダメなのっ……イッたら……ああんっ、なのにっ」

奈緒美は鬼怒川の首に手をまわし、腰を動かす。

秘所に、相貌に、河合の視線が突き刺さる。

それが、奈緒美をさらに昂らせていた。

「いい、イク、イキますっ、鬼怒川先生っ」

「おお、締めすぎだっ……おお、たまらんっ」

鬼怒川も、久々のセックスで奈緒美の締まりを味わったせいか、早くも陥落しそうになっていた。

ピッチが射精前の速いものになっている。

「ちょうだい……奈緒美の中に、鬼怒川先生のものをいっぱいっ」

奈緒美が腰をグイッと繰り出すと、アヌスでつながっていた蘭がせつなげな声をあげた。

「鬼怒川先生のピストンがよくて、私もイッちゃうっ」

「私も、もう、もたんっ」

若々しい音を放ってから、鬼怒川はガクッと力を抜いた。

ビュルッ……ビュルル！

奈緒美の内奥に、鬼怒川の精が注がれる。

「ああ、いい……イクイクイク……」

双臀をぶるっと震わせて、奈緒美は牡の精を子壺で飲みほしていた。

2

シャワーを浴びてから、控え室でヘアスタイリストからメイクと髪を整えられた奈緒美は、再び赤い長襦袢を身につけた。

警護役の河合が、奈緒美を感情のこもらない目で見ていた。

「蘭さん、気持ちよくなるお薬って……ある？」

ショーに出演する男女は軽い飲酒は許されていたが、泥酔は禁じられていた。交合の最中に戻したら興ざめだからだ。そのかわり、気分を盛りあげるが、依存性のない薬がふんだんに置かれていた。

奈緒美はそういったものに手を出したことはなかったが――今回ばかりは、手を出さずにはいられない。

「最後にこれで狂いたくなったの？　いいわよ。使えば」

蘭が無造作にピルケースを投げてよこした。

「奈緒美様、それは……」

河合が何か言いかけたが、すぐに黙った。

奈緒美は、錠剤をシャンパンで飲みほした。

控え室を出て、河合と二人、最後の会場へと向かう。

客は三人。鬼怒川と、財界の名士二人だ。

奈緒美とのセックスに、二人はかなりの高額を払ったらしいと奈緒美は蘭から聞いていた。

特別室の扉のハンドルに手をかけた。

（これが最後……これで最後……）

奈緒美は真鍮《しんちゅう》製のハンドルを押した。

ドアを開ける。拍手が起こる。

「嘘……」

奈緒美はあとずさった。だが、ドアはもう閉じられ、逃げることはできない。

客二人は奈緒美がよく知る人間だった。三好《みよし》は奈緒美の父の友人。その男が、友人の娘を抱く権利を買ったのだ。そのことに軽い目眩を覚える。

衝撃はそれだけではなかった。もう一人の客は谷前聡太郎《そうたろう》。純次郎の兄だ。

「三好のおじさまに、お義兄《にい》様……そんな……」

「奈緒美ちゃん、小さな頃は私の膝の上によく乗ったじゃないか。今度は、大人になった奈緒美ちゃんと戯れたくなってね」

半白の髪を撫でつけた三好が、悪戯《いたずら》っぽく言った。

「大丈夫、秘密は守るよ」

聡太郎が微笑む。二人ともガウン姿で、前が膨らんでいた。

部屋にはキングサイズの天蓋《てんがい》つきベッドが置かれ、調度品も一目で高価なヨーロッパ家具とわかるものばかりだ。淫らな目的のために作られた部屋だというのは、ベッドの枕もとにある壁が鏡になっていることからわかる。

「大丈夫、秘密にするから」

三好が奈緒美の背後にまわり、尻をわしづかみにする。普通なら寒気がするところだが――薬でぼうっとなっている奈緒美は微笑んでいた。

聡太郎が襦袢の襟元を開いてむき出しにすると、奈緒美の双乳に吸いついた。

「はむっ……むううっ……」

三好が奈緒美に口づける。奈緒美は、父の友人の舌を唇でくるんで吸った。

双乳を寄せて、聡太郎が乳首を交互に吸う。

二人がしているのは、簡単な愛撫だ。なのに、途轍もなく気持ちがいい。

「いいわ、むちゅ……お義兄様、おじさま……んちゅ……ちゅっ」

積極的にむしゃぶりつく奈緒美に、二人は気をよくしたようだった。

「純次郎と結婚式で君を見たときから、寝てみたいと思っていたんだ」

聡太郎が双乳を舐めまわしたあと、奈緒美の股間に手を伸ばす。

そこは蜜であふれ、聡太郎の手の甲をあっという間に濡らしていた。

三好は排泄の穴に指をくぐらせ、弄んでいる。

「あの奈緒美ちゃんのアヌスをこうしてくすぐれるなんて、夢のようだよ」

三好のバリトンが耳をくすぐり、奈緒美はため息をついた。

三人はもつれながらベッドへと向かう。

ベッドには、ガウンの前をはだけた鬼怒川が寝そべっていた。

「まずは鬼怒川先生を愉しませて……それから僕と三好さんとするんだ」

聡太郎が目を異様に光らせながら囁く。

奈緒美が微笑みを浮かべて鬼怒川のもとへ行くと――鬼怒川が奈緒美の頭を押さえ、口づけてきた。日本酒の味がする舌が、奈緒美の口内に入ってくる。

「家柄もよく、美人な奈緒美さんが、貞淑な女から淫乱な女へと変わっていく様から目が離せんよ……あんたは最高だ」

薬のせいか、感度が増していた。キスだけで濡れている。

三好と聡太郎が奈緒美の手を取り、鬼怒川の男根へと腰を下ろさせる。

鏡には、M字開脚して鬼怒川とつながろうとする自分が映っていた。

真っ赤に色づいた陰唇がくつろげられ、赤黒い怒張を咥えていく。

「おお……いいわ……鬼怒川先生……素敵ですっ」

左右から三好と聡太郎の肉根が差し出される。奈緒美は、それらを手で扱きながら、腰を上下させた。

ベッドのスプリングは軽やかに弾み、交合のたびにキシキシと音を放つ。

「咥えてくれ……」

三好に言われ、奈緒美は父の友人の肉棒を咥えた。喉奥まで入れると、舌をひらひらと動かしながら、頭を左右に振る。三好が呻いた。

「おお……これほどの逸材、純次郎君も早くよこしてくれればよかったのに」

「早くよこしたら、保険にはなりませんでしょう。奈緒美さんと結婚したのも、こんなときの保険がわりです。ここぞというときに差し出して、金に換えるのだから、なかなかの男ですよ」

鬼怒川の言葉に、奈緒美は一瞬動きを止めた。

が、鬼怒川の突きあげで子宮が揺れると、奈緒美から吐息がこぼれる。

(保険がわり……結婚は、はなから私をこうするため)

純次郎の真の姿を知ってから、心は離れていたが——目的を知れば知るほど、自分がどんなに見る目がなかったのか思い知らされ、涙がこぼれる。

「奈緒美さん、純次郎は君が好きなんだ……それはわかってほしい。好きだから、誰にでも抱かせたいんだ……僕にもね」

奈緒美が握る聡太郎の男根が跳ねあがり、先端からは男の欲望を示すカウパー腺液《せんえき》が出ていた。

おぞましいと思いながら、その匂いをかいで妖しい気分が沸きたってくる。

そんな自分が恐ろしく、情けない。

「奈緒美さんが泣いておる……泣くなら……オマ×コでよがり泣きなさい」

気づけば、涙が頬を流れていた。

鬼怒川がペニスをめぐらせると、Gスポットを刺激され、よがり声が出る。

ショーに出た男にひけを取らぬテクニックで、老人は奈緒美を翻弄した。

(忘れるのよ……純次郎さんのことは……)

顔の左右にある亀頭を交互に舐めながら、竿を手で扱きあげると、それぞれの持ち主からため息が漏れた。

奈緒美の中で、淫らな心がむくむくと大きくなる。

口を大きく開いて、喉奥まで肉棒を迎えると、本能のままに咥えた。

「絶品だ……む……」

奈緒美は頬をへこませて、ふたつの男根を交互に吸う。

「あ、ありがとうございます……ちゅ……じゅるっ」

尿道口にキスをしながら、奈緒美は答えた。

鬼怒川とのつなぎ目からは、奈緒美の本気汁があふれている。

「私が最初に出してもいいかね……」

鬼怒川が唸《うな》りながら腰を繰り出した。切迫したラッシュを白臀で受け止めながら、奈緒美も愉悦の声をあげる。

「もちろんですよ。精液まみれの令嬢を抱くことぐらい、愉しいことはない」

三好が言った。

「では、遠慮なく……」

ヌプヌプヌプッ！

鬼怒川が野太いペニスで幾度も奥を突いたあと——欲望を放出させた。

「あううう……熱いわっ……イ、イクウッ」

奈緒美は肩をヒクつかせながら、鬼怒川の精を受け止めた。

「最高のしあがりですな」

男たちは褒美を与えるように、奈緒美の頰や髪を撫でてきた。

「口の堅さと、締まりのよさ、セックスのうまさがなければ、みなさんにお相手はさせられませんからな。それをしこむためのショーです」

「いやいや、まったく。あなたの手腕には驚かされますよ。女優やモデルを派遣してくれるサービスもあるが、口は堅くともあっちの方はマグロ同様。鬼怒川先生のは家柄も容貌も折り紙つきなうえ、テクニックも桁違いと来ている」

「喜んでいただけてけっこう。では、私のが入ったあとで申し訳ないが、先生方、どうぞ」

鬼怒川がペニスを引き抜いた。

「あんっ」

蜜穴から熱いものが抜け、寂しさが押しよせる。

「せ、先生……もっと奈緒美として……」

「ふふ、かわいいのう、奈緒美さんは。大丈夫、すぐに犯してもらえるぞ」

鬼怒川が言ったとおり、秘所はすぐに塞がれた。

三好が、奈緒美を四つん這いにさせると、背後から挿入してきたのだ。

「ほおおお……三好のおじさまのオチ×ポが……イキそう」

父の友人とセックスをする嫌悪感に襲われたが、それはすぐに快楽のためにかき消えた。

三好の男根は驚くほど硬い。その硬さで子宮の奥を突かれて、奈緒美はヒイヒイと声をあげた。

「かわいいさえずりだ」

聡太郎が奈緒美の顎をつかんで、口にペニスをねじこんできた。

「むうう……ううう……いいっ、いいのっ」

聡太郎の肉茎は根元が太く、口を目一杯開かなければ受け止めきれない。

三好は絶妙なテクニックで腰をくり出し、友人の娘を喜悦で狂わせる。

上半身が揺れるたび、襦袢の襟からこぼれた乳房が前後にブラブラ揺れた。

「奈緒美さんの舌づかいがいい。純次郎と結婚する前の巫女《みこ》さん姿を僕はよく覚えていますよ」

フェラチオをさせながら聡太郎が奈緒美に言った。

純次郎に似た目もとが、弟と同じ倒錯した欲望できらめいている。

「はぐっ……」

口からペニスを吐き出そうとするが、男は奈緒美の頭を押さえつけ、思いのままに腰を繰り出した。

「娘時代のあなたも美しかったが、人妻になってからはまたいい体になって」

カポッカポッと音を立てて肉棒を抜き挿しさせながら、聡太郎が続けた。

「ほお、次は巫女姿でプレイするのもよさそうだ」

奈緒美の子宮を亀頭でグリグリ抉りながら、三好が言った。

(こんな姿をお父様に知られたら……)

そう思うと、背中に冷たいものが走る。

しかし、そのスリルが肉欲に火をつけた。すべてを忘れさせるように内奥がうねり、肉棒から快楽を得ようと蠢いている。

グチュ、グチュ、グチュ……！

部屋に濡れた音が響く。

「ほっ、ほうっ……これは格別の名器だ……おおっ」

三好が早くも果てようとしていた。

抜き挿しのテンポがあがり、ヒクついた亀頭が膣襞をくすぐってくる。

「うぐっ……ううんっ……いい、すごいのっ」

愉悦に狂う奈緒美は、視線を感じた。そちらに目をやると――。

河合が顔色も変えずに奈緒美を見ていた。

欲望のない眼差しのせいで、いかに堕ちたかを思い知らされる。

(見ないでっ……そんな目で……)

河合の視線を感じたとたん、奈緒美の子壺がカァッと熱くなった。

「ほおお……はんっ、あんっ、私、も、もうっ、イクウウウッ」

ギュンッと、奈緒美の膣肉が圧搾をすると――。

「おお、私も出るっ」

三好が精を吐き出した。

「イクイクッ……」

奈緒美は四肢をこわばらせ、首をのけぞらせる。

激しく達したために、奈緒美はマットレスの上に倒れこんだ。

三好がペニスを引き抜くと、聡太郎が唾液で濡れた男根を扱きながら奈緒美の足下にやってくる。

「あなたのお父様の顔を思い浮かべると、申し訳ない気持ちになるが……そのせいか、とても興奮してしまいますよ」

「父のことは言わないで……あっ……ああっ」

ズブリと挿入され、いきなり律動が始まった。

松葉崩しで交わりながら、聡太郎は奈緒美の女芯をつまんでくる。

「ヒッ……」

新たな体位で急所を刺激され、女体が波打つ。

襦袢は乱れて上半身ははだけ、腰紐だけがかろうじて残っているだけだ。裾は開いて、秘所から尻まで丸見えになっている。

「あなたのお母様も美人だ。あの方のオマ×コもこんな締まりなんですかね。僕は年齢は問わないんですよ」

ヌポッ、ズボッ、ヌポッ！

松葉崩しという変わった体位での抜き挿しは、いつもと違う場所を刺激してくる。奈緒美は新たな快楽に揉まれながら、体をうねらせる。

「母は……こんな女じゃありません……ああ、両親の話はよして……」

涙があふれるが、これが哀しみなのか快感のせいなのかもうわからない。

「恥ずかしいのかい。締まりがよくなってるものなあ……」

聡太郎がにやけ声で律動する。

「よくなると、中で出てしまうよ。君のオマ×コの中に」

「中は……お義兄様、中はいやっ」

これまで幾度も中出しされていたが、己の素性を知る人物から、両親の話を聞きながらされるのはやはりいやだ。

「いやか、いやか……」

聡太郎は口を半月のように吊りあげ、抜き挿しのテンポをあげる。

「はうっ、んんっ、んんっ、いい、イイッ」

奈緒美の足の指がくの字に曲がる。絶頂に至る兆候だ。

「ほおお、おお、たまらないっ。もう、出るっ」

パンパンパンパンッ!

聡太郎は、出す直前に猛烈なラッシュをかけてきた。

「いや……イク、イク、ああ、いいです、お義兄さん、私も……イクッ」

奈緒美が叫ぶとともに、聡太郎が腰を震わせた。

ビュルッ……ドピュッ……!

牡汁を子壺で受け止めながら、奈緒美はまたも達してしまう。

「鬼怒川会長、こんな絶品はなかなかないよ」

達したばかりの聡太郎が、ソファーにどっかり腰かけた。

すると、ドアが開いてメイド姿の女性二人とバーテンダーが入ってきた。

メイドは、聡太郎と三好のペニスを舐めて清めている。

「私には、いつものやつを」

三好がバーテンダーに合図をすると、彼はドリンクを取りに行くためか、ドアから控えの間に行った。

「契約は、今回までとなってましてな。あとは奈緒美さんがどうするか」

鬼怒川が、グラスで冷酒を飲みながら言った。

「奈緒美さん、あなたはどうするね。金なら稼いだ。自由にはなれるが――そうしたら、今後クラブに出入りは禁止」

「私は……」

もう、恥辱にまみれる必要はないのだ。この狂宴の日々を忘れ、普通の生活に戻れるはずなのだが、奈緒美は言葉を紡げないでいた。

（どうして、すぐに辞めると言えないの……どうして）

奈緒美が思い悩んでいると――聞きなれた声がした。

「鬼怒川先生、自分たちだけいい思いするのはいただけねえなあ」

控えの間からやってきたのはバーテンダーではなく、宗森だった。

手にはナイフを持ち、バーテンダーを刺したのか、刃は赤くなっている。

鬼怒川以外の二人は慌てた様子で、宗森がいる反対側のドアへとあとずさる。

「出入りは禁止したはずだが」

鬼怒川は落ちついた様子で、テーブルの上のグラスを取った。

「俺がしこんだんだ。俺の女だ。だから、俺がもらっていく」

「もう勃たんように手術されたばかりで、傷も痛むだろう。無理はするな」

「無理じゃねえ。名器で、こんなにいい反応をする女をしこませておいてサヨウナラとはズルいぜ。あんたがなんと言おうと連れて行く」

「ナイフを置いて、ここから出ろ、宗森」

河合が、宗森と鬼怒川の間に立った。

入口から、手に警棒を持った男たちが入ってきた。

「女を連れて出られると思ったか」

鬼怒川が、グラスの中身を飲みほす。

「出られるとは思ってねえ……永遠に俺のものにするだけだっ」

宗森がナイフを構えて走り出した。

鬼怒川へ向かうと見せかけた宗森が、方向を変えた。

ナイフを振りかぶり、奈緒美に襲いかかる。

恐怖で動けずにいた奈緒美は、悲鳴をあげる間すらなかった。

きらめく刃が胸へと吸いこまれるように落ちたとき——奈緒美は目を閉じた。

衝撃音。うめき声。

それをあげていたのは自分ではなかった。奈緒美はゆっくりと瞼を開ける。

黒い塊が宗森にぶつかっていた。

河合が奈緒美の前に仁王立ちしていた。床にナイフが落ちる。

「連れて行け」

スーツ姿の男たちが宗森を取り押さえ、両腕を抱えて引きずっていく。

鬼怒川は、豪奢《ごうしゃ》な織りのガウンをメイドに着せられると、立った。

「河合、私ではなく奈緒美を守るか……おまえらしい。今回は許そう。すぐに医者が来る」

低い声でそう言った。

「みなさん方、これもまた鬼怒川の考えた余興でございます。スリルのあとのセックスも格別ですぞ。女も男もお好みの者を別室に用意しておりますので、場を変えて第二ラウンドと参りましょう」

鬼怒川は落ちついた様子で三好と聡太郎を促すと、メイドとともに部屋を出ていった。残されたのは、奈緒美と河合だけだ。

「河合さん、大丈夫ですか……」

「ええ。たいしたことはありません」

と言うが、河合のワイシャツの腹には赤いシミがひろがっていく。

「ケガを……どうして、私のために」

「仕事だからです」

「……仕事だけですか。本当なら、あなたが守るべきは鬼怒川先生でしょう」

「あなたは大事な人だから……でも、これ一度きりです」

「商品として大事ですものね……」

奈緒美がそう言うと、河合は奈緒美に手を伸ばし、頬に触れた。

「先生に命じられて最初のお相手を務めました。それで終わりのはずだった。でも、あなたが夫のために健気にふるまう姿を見ているうちに、私は……すみません」

河合はゆっくりと立ちあがった。

「河合さん、何を謝るんですか」

「……私はプロとして、抱いてはいけない感情をあなたに持った。そのことです」

失礼します、と言って、河合は部屋を出ていった。

「抱いてはいけない感情……河合さん……それは私もあなたに……」

奈緒美は顔を伏せて泣いた。

3

「今日は巫女姿でございます。奈緒美嬢の発情姿、とくとご覧くださいませ」

司会の声が耳朶を打つ。

鏡の間の真ん中のマットレスの上で、奈緒美は真珠郎に貫かれていた。

騎乗位で交わり、奈緒美が双臀を揺らめかせている。

合わせ目からあふれた愛液が、マットレスの横のカメラにかかった。

会場からどよめきが起こる。

観客席の手もとのモニターには、結合部のダイナミックな動きと、奈緒美の秘所の激しい濡れがアップになって映っているはずだ。

奈緒美の、七回目のショーである。

「奥さん、中がすげえうねってる……こっちが動く前に、あんたの腰づかいでイッちまいそうだ」

真珠郎が呻く。奈緒美は体をかがめ、真珠郎の乳首を交互に口で吸った。

「私も気持ちいいです……三人で、気持ちよくなりましょ……」

奈緒美は双臀を上下させた。装束の白い袖が律動のたびにひらひら揺れる。

うしろ穴には、雷電の剛直が入っていた。

この二人には、ショーで何度も抱かれたが、回数を重ねるたびに快感が深まってくる。

「雷電さん……今日も太くて素敵……ああん、お尻が裂けちゃいそうっ」

愉悦に肛道をヒクつかせると、中で雷電のペニスが跳ねた。

「奥さんのアヌス、チ×ポ好きだよなあ……食いしめがたまらねえよ」

騎乗位でまたがる奈緒美の背後から、雷電が挿入し、アヌスを掘っている。

「んん……いい、真珠郎さんのと、お尻で感じちゃうっ……」

パールつきの男根で膣道を刺激される快感に、喘ぎ声が止まらない。

奈緒美の周囲には、五人の若い男性がいる。全員裸で、勃起していた。

「お口に、オチ×ポをくださいませ……」

奈緒美が口を開くと、たまらなくなった男の一人が、先ばしりで濡れたペニスを口内にぶちこんできた。

「むちゅ……ちゅ……むううっ！」

淫らな音を立てて吸引すると、若い男の尻がヒクつく。

「ノリがよくなったな……」

真珠郎も、奈緒美の動きに合わせて腰を突きあげる。

「んんっ……いい。真珠郎さんっ、私、もうイッちゃいそうっ」

「いいぜ、イケよ……見られるのが好きなんだろっ」

「ほうなのっ、カポッカポッ……チュウウッ」

律動を受けながらも、奈緒美は激しく口淫した。

二穴からは、抜き挿しの音と、奈緒美の愛液の音が鳴り響いている。

「むううっ……Gスポットに、あはる……はふっ……」

奈緒美の体が上下動すると豊満な乳房が揺れて、乳先から汗が飛び散った。

（そうよ、すべて見ていて……）

無事渡航した純次郎から、すべて順調だとのメールをもらっていた。

奈緒美は、純次郎の手術が終わり、帰国したあとも体面のため離婚はしないが、財産も、住居も分けるとだけ連絡した。

そして鬼怒川に、このクラブに残ると伝えたのだ。

奈緒美は、鬼怒川の隣に立つ河合に目を向けた。

このショーの前、二人は少しだけ言葉を交わした。

「なぜ、クラブに残るんです。あなたは自由だ」

「行く場所がないからです」

「そんなはずは……」

「本当のことを言います」

奈緒美は河合をじっと見た。

「私、見ていてほしいんです、あなたに……あなたに見られているときだけ、生きている感じがするから」

河合の瞳が揺れた。二人の顔が近づく。

唇が触れそうなほど顔が近づくと——。

奈緒美は、河合の唇を人さし指で押さえた。

「鬼怒川先生の命令がないのにキスをしていいんですか。ルールを破るのは一度だけでしょう」

「……あなたは残酷だ」

河合が動きを止めた。

「そうね。あなたに見つめられるうちに、変わってしまったの。変えたのはあなた」

そのとき、奈緒美をせつなげに見た河合の瞳がいま、真珠郎と交わる奈緒美を同じように見つめている。

（こんな方法でしか愛せない私を許して……）

奈緒美は目を閉じて、開いた。

そして、このうえなく淫らな腰づかいで、ペニスを蜜肉でめぐらせる。

「いいっ……いいわっ……もっとして……壊れるまで抱いてっ」

奈緒美は快楽に溺れる姿を、観客に——愛する男に見せつけた。

※この作品は「紅文庫」のために書下ろされました。

紅
beni
紅文庫

壊《こわ》れるまで抱《だ》いて

津村《つむら》しおり

2022年7月15日　第1刷発行

企画／松村由貴（大航海）
DTP／遠藤智子

編集人／田村耕士
発行人／日下部一成
発売元／株式会社ジーウォーク
〒153-0051 東京都目黒区上目黒1-16-8 Yファームビル6F
電話 03-6452-3118
FAX 03-6452-3110

印刷製本／中央精版印刷株式会社

ISBN978-4-86717-439-5

こんどは深く
末廣 圭
Kei Suehiro
性生活は、
主人に育てられたんです──！
わたしの唇を初めて奪ったのは、あなただったのよ……
あの時、好きと言えなかった男女に訪れる、情熱の再会
恥知らずな女だなって、軽蔑していたんでしょう。いつも短いスカートなんか穿いて──澤田は、昔、河津温泉で、二晩に七回も求めた人妻の倫子と、四ツ谷の小料理屋の二階で逢っていた。あの夜の回想はやがてお互いの時を巻き戻し、ごく自然に……不器用だった男女が、月日を経て奔放に求め合う、珠玉の短編集！
定価／本体720円＋税
紅文庫
最新刊